KB028802

자꾸만 끌려!

자꾸만 끌려!

김이환·장아미·정명섭·정해연·조영주 지음

생각학교

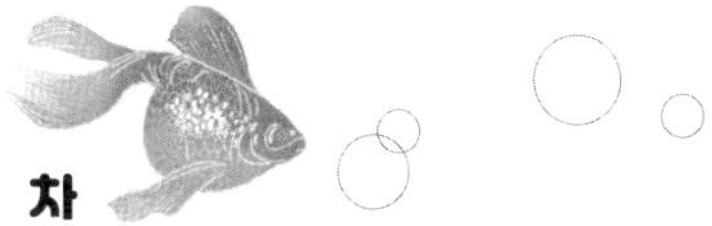

차례

오라클
정명섭

게임기가 고장났다. 상진이는 시작 버튼을 아무리 눌러도 작동되지 않는 오라클을 머리에서 벗으면서 짜증을 냈다.

"왜 하필 지금이야."

물론 며칠 전부터 징조는 있었다. 선명하던 이미지가 찌그러지거나 혹은 흐릿해졌고, 아바타들이 대화를 할 때 버벅거렸다. 그러다가 오늘, 아예 전원이 들어오지 않게 되어버린 것이다. 화가 난 상진이는 오라클을 내팽개쳤다. 밤새 게임을 하며 스트레스를 풀려던 계획이 물거품이 되어버렸다.

상진이는 이번 시험을 예상보다 심하게 망치고 말았다. 물론 선생님이나 부모님 모두 관심을 가지지 않았지만, 이번에는 나름 공부를 열심히 했기에 내심 기대를 하고 있었다. 그런데 예상과는 달리 지난번에 시험 준비를 하지 않고 완전히 놀았을 때보다 훨씬 더 성적이 나오지 않은 것이다. 반면,

일대일 과외를 받고 AI가 내주는 예상 문제까지 공부한 부잣집 아이들은 이번에도 성적이 잘 나왔다. 거들먹거리는 그들의 모습과 그런 아이들을 칭찬하는 선생님들을 보면서 상진이는 집에 가서 게임으로 스트레스를 풀 생각을 했다. 그래서 절친인 동찬이가 오랜만에 농구를 하자는 제안을 거절하고 서둘러 집으로 왔다.

AR이라고 부르는 가상현실 게임을 즐길 수 있는 오라클은 몇 년 전부터 갑자기 유행하기 시작했다. 물론 이전에도 가상현실 게임은 있었지만 한눈에 봐도 가짜라는 걸 알 수 있을 정도로 조악했다. 하지만 오라클이라는 AR 기계가 나오면서 확 달라졌다. 영상이 현실과 구분되지 않을 정도로 뛰어난 데다가, 눈 주변을 자극하면서 진짜 통증을 느끼게 해줬기 때문이다. 처음에는 PC방처럼 AR방이 생겼다. 그러자 후발 주자들이 등장해서 비슷한 제품들을 내놓기 시작했다.

이후 오라클의 제조사인 아르테미스 사는 경쟁 업체들의 등장을 막기 위해, 오라클을 아주 싼 가격에 판매했고, 월부 판매까지 감행했다. 그 덕분에 오라클은 누구나 손쉽게 가질 수 있는 제품이 되었다. 삽시간에 전 세계에 AR 게임 열풍을 불러왔다. PC나 콘솔, 모바일로 하던 게임 대부분은 AR 게임으로 바뀌었다.

오라클을 통해 영화나 드라마의 주인공이 되는 기분을 만끽할 수 있었기 때문에, 현실에서 무기력한 삶을 살아가야 했던 사람들에게 엄청난 인기를 끌었다. 심지어는 쓰고 다니면서 게임을 할 수 있는 휴대용 오라클까지 나왔다. 앞에 카메라를 장착해서 거리를 비춰주는 방식이었다. 사람들은 출퇴근은 물론, 친구를 만나러 갈 때에도 오라클을 쓰고 다니는 경우가 많아졌다. 심지어 오라클을 통해 연인을 자기가 원하는 배우나 모델의 이미지로 바꿔 데이트를 하는 일도 자주 있었다.

오라클은 어른들뿐 아니라 학생들에게도 영향을 끼쳤다. 학력 격차가 극심해져서, 돈이 많은 부모를 둔 학생과 그렇지 않은 학생들 사이에 넘을 수 없는 간극이 생겨버렸다. 낙오된 학생들은 오라클을 쓰게 되었다. 아이들은 수업 시간에도 아무 거리낌없이 오라클을 썼다. 어차피 선생님들은 성적이 좋은 아이들에게만 신경을 썼기 때문이다. 상진이 역시 공부를 잘하거나 집안이 부유한 편이 아니었기 때문에 학교에서 관심 밖의 아이였다.

일에 지친 부모들은 그런 자식들을 말리지 못했다. 사실 부모들도 일을 마치고 돌아오면 씻기도 전에 오라클을 머리에 쓰고 눕기부터 했다. 정치권에서는 오라클 사용을 규제하려고 했지만 국민들의 반발에 부딪혔다. 가뜩이나 팍팍한 삶인데 이것조차 빼앗으려고 하느냐는 거센 저항에 정치인들은 선거를 의식해서 한 발 물러나고 말았던 것이다.

상진이는 내던져버려 박살이 난 오라클을 내려다보면서 짜증을 냈다. 안방에 있는 부모님의 오라클에는 비밀번호가 걸려 있을 게 뻔했다. 성인들만 할 수 있는 게임 때문이었다. 동찬이한테 빌려달라고 할까 잠시 고민하다 아쉬운 소리를 하고 싶지 않아 이내 포기했다. 아까 농구를 하자고 했을 때 거절한 게 마음에 걸렸다. 상진이는 휴대폰을 챙겨 집밖으로 나왔다.

"집 근처에 있는 AR방이라도 가야겠네."

오라클이 나왔던 초창기에는 골목골목마다 AR방이 없는 곳이 없었다. 하지만 오라클 가격이 저렴해지고 월부판매가 되면서 집에서 즐기는 사람들이 늘어났다. 주변의 방해를 받지 않고 혼자서 게임을 즐기고 싶은 마음 때문이었다. 점차

AR방은 사라지고 규모가 큰 몇 군데만 살아남았다. 상진이가 가려던 골목 사이의 AR방도 이미 사라진 뒤였다. 상진이는 발을 동동 구르며 화를 냈다. 버스 정류장이 있는 큰길가의 AR방까지 가야만 했기 때문이다. 골목길을 터덜터덜 걷는데, 한때 옷가게였다가 한동안 비어 있던 반지하 상가에 AR방 간판이 걸려 있는 것이 보였다. 걸음을 멈춘 상진이는 주머니에 손을 찔러 넣은 채 바라봤다.

"새로 생겼나? 몇 달 동안 비어 있던 곳인데?"

큰 AR방도 문을 닫는 판국에 사람도 잘 다니지 않는 골목길에 허름한 AR방이 생긴 건 특이한 일이었다. 들어가도 괜찮을지 망설이던 참이었는데 갑자기 문이 열렸다. 종이라도 달았는지 딸랑거리는 소리가 들렸다. 안에서 나온 사람은 키가 큰 젊은 여성이었다. 붉게 염색한 머리에 오라클의 로고가 달린 유니폼을 입고 있어서 묘하게 위압적이었다. 그녀가 상진이를 바라봤다.

"게임할래?"

그녀의 예상치 못한 물음에 상진이는 떨떠름하게 물었다.

"게임할 수 있나요?"

"그럼."

자신 있게 대답한 그녀가 방금 나온 AR방을 돌아보며 덧붙였다.

"여긴 특별한 곳이야."

"새로 생긴 건가요? 얼마 전까지는 비어 있었는데요."

"그런 셈이지. 새로운 오라클이랑 게임을 테스트 중이야."

"진짜요?"

상진이가 눈을 크게 뜨며 묻자 그녀가 고개를 끄덕거렸다.

"물론이지. 들어가서 해볼래? 테스트 기간이라 무료야."

"그, 그럼요!"

새로 나온 AR 기계로 게임을 하려면 많은 돈이 필요했고, 공짜로 하려면 엄청난 경쟁률을 뚫어야 했다. 둘 다 할 수 없었던 상진이로서는 그야말로 하늘에서 떨어진 기회였다. 그녀를 따라 안으로 들어간 상진이는 한번 더 놀랐다.

"우와!"

허름한 바깥과는 달리 내부는 이때까지 가봤던 그 어떤 AR방보다 잘 꾸며져 있었다. 로비 안쪽으로 긴 복도가 이어져 있었는데 좌우로 방들이 있었다. 그녀는 상진이를 복도 끝에 있는 방으로 데리고 갔다. 은은한 조명 아래 커다란 의자가 놓여 있었다. 주변에 여러 개의 전선이 어지럽게 얽혀 있었고, 하얀 유니폼을 입은 기술자가 롤러블 패드를 보면서 점검 중이었다. 머리 부분에는 은색으로 된 헬멧형 AR 기계가 보였다. 그 앞에는 오라클이라는 이름과 로고가 멋지게 새겨져 있었다. 앞장선 그녀가 안마의자같이 생긴 AR 기계를 가리켰다.

"테스트 중인 기계야."

"우와! 앉아서 하나요?"

"맞아. 안마의자처럼 되어 있어서 시각뿐만 아니라 온몸으로 감각을 느낄 수 있어. 예를 들어서 게임을 하다가 물에 빠지게 되면 말이야."

그녀가 손짓을 하자 롤러블 패드를 들고 있던 기술자가 버튼을 눌렀다. 그러자 기계에서 하얀 물안개가 피어올랐다.

"저런 식이지."

"재미있겠네요."

상진이가 신이 난 표정으로 말하자 그녀가 미묘한 표정을 지었다.

"엄청나게 재미있지. 게임도 흥미로울 거야."

"무슨 게임인데요?"

"〈걷지 말고 뛰어라〉. 우리끼리는 '걷뛰'라고 불러."

"마라톤 게임인가요?"

"해보면 알아. 대신 시간은 엄청 오래 걸릴 거야."

"어차피 내일 학교 안 가서 괜찮아요."

그녀가 웃으며 옆으로 비켜줬다. 상진이가 조심스럽게 AR 기계에 앉자 기술자가 옆구리에 롤러블 패드를 끼고 다가와서는 헬멧을 씌워줬다.

"심호흡을 하고, 잠깐 어지러울 수 있다."

헬멧을 완전히 쓴 상진이는 주변의 어둠이 심상치 않은 걸 느꼈다. 마치 깊은 물속으로 한없이 가라앉는 느낌이 든 것이다.

"뭐지?"

저도 모르게 중얼거린 상진이는 자신의 목소리가 에코로 울리자 주변을 돌아봤다. 거기에 더해서 오싹한 추위까지 느껴졌다.

"우와! 진짜 같잖아."

그렇게 심연으로 빠지는 듯한 기분을 느끼는 와중에, 눈앞에서 빛이 반짝거리다가 글씨가 떠올랐다. '걷지 말고 뛰어라'라는 게임의 제목이 보이고, 그 아래에 규칙들이 나타났다.

1. 이 게임은 맵 안에서 여섯 명의 도망자들이 한 명의 살인마로부터 도망치는 방식으로 진행됩니다. 도망자는 살인마를 마주쳤을 때 절대 싸워서 이길 수 없습니다. 오직 도망치거나 숨는 것만 가능합니다.

2. 살인마는 무기를 이용해서 도망자들을 제압하고, 제단으로 끌고 갑니다. 다섯 명의 도망자들을 잡아서 제물로 바치면, 제단 주변에 문이 열리는데 그곳으로 들어가면 살인마가 승리합니다. 하지만 유일하게 잡히지 않은 도망자가 그곳을 먼저 발견해서 들어가면 도망자가 이깁니다. 제단의 문이 열리면 도망자와 살인마 모두가 알 수 있도록 표시됩니다.

3. 도망자들이 네 개의 큐브를 획득한 후 키홀을 찾아 빈 곳에 끼워 넣으면 탈출구가 열립니다. 탈출구는 맵 안에서 생성되며, 삼 분 안에 탈출해야 합니다. 탈출구는 도망자와 살인마 모두가 알 수 있도록 표시됩니다.

4. 살인마는 도망자보다 민첩하고 강력합니다. 다만, 시야가 좁고 어두운 곳을 잘 보지 못합니다. 대신, 제단에 제물을 바쳐서 스킬이 늘어나면 숨어 있는 도망자의 심장박동 소리를 들을 수 있고, 흔적들을 찾아서 추적할 수 있습니다.

5. 도망자는 살인마보다 느리지만, 좌우로 방향 전환하는 속도가 더 빠르고 장애물을 쉽게 넘을 수 있습니다. 또 은신처를 이용해 숨는 것도 가능합니다. 또한 특정 목적을 달성하여 스킬 포인트를 획득하면 도망과 은신에 유리하게 이용할 수 있습니다.

6. 도망자의 체력 포인트는 살인마에게 공격을 받거나 장애물을 넘다가 상처를 입으면 줄어듭니다. 체력이 줄어드는 건 공격방식이나 부상 정도에 따라 달라집니다. 체력이 50퍼센트 이하로 줄어들면 더이상 뛸 수 없게 됩니다. 75퍼센트가 사라지면 기어가거나 은신하는 것만 가능합니다. 하지만 은신한다고 해도 심장박동 소리나 상처에서 나온 피로 인해 들킬 확률이 높아집니다.

7. 떨어진 체력 포인트는 맵 곳곳에 있는 약품이나 약초를 발견하여 보충할 수 있습니다. 그러나 다른 도망자가 치료해준다면 약품이나 약초 없이도 체력 포인트가 올라갑니다. 다만, 치료해주는 동안에는 양쪽 모두 움직일 수 없으며, 살인마에게 발견될 확률이 올라갑니다.

8. 도망자 중 한 명이 제단에 제물로 바쳐지는 동안 살인마는 그 앞을 지켜야 합니다. 그때 다른 도망자가 제물이 되는 도망자

를 구출할 수 있습니다. 하지만 아주 짧은 순간 동안만 가능합니다. 만약, 제물이 될 도망자를 구해주는 데 성공한다면 도망자는 '필사의 질주'라는 스킬을 얻게 됩니다.

9. 이 게임은 가상현실에 특수 효과를 넣었기 때문에 게임을 하는 동안 고통을 실제로 느끼게 됩니다.

10. 하지만 고통스럽다고 해도 이 게임에서 빠져나올 수는 없습니다. 이 게임의 진짜 이름은 '중독'이기 때문입니다. 게임은 당신이 예상하지 못하는 방식으로 진행될 것입니다. 끝나도 끝나는 게 아니니까 절대 안심하지 마세요.

"뭐, 뭐야!"

이상한 게임 규칙에 놀란 상진이가 소리를 치는 순간, 주변에 환하게 빛이 터졌다. 그리고 0과 1, 알 수 없는 문자들이 빠르게 수직으로 올라갔다. 곧 그것들이 사라지면서 차츰 주변의 모습이 눈에 들어왔다.

낡고 어두운 통나무집 안이었다. 바닥에 누워 있던 상진이는 천천히 몸을 일으켰다. 집안에는 다른 사람들이 있었다.

헌팅캡을 쓰고 턱수염이 난 백인 남성부터 뿔테안경을 쓴 키가 크고 마른 흑인 남성, 우락부락하게 생긴 남미 계통의 대머리 중년 남성, 비쩍 마른 체구에 우울한 표정을 짓고 있는 후드 점퍼 차림의 동양인 여성이 상진이를 바라봤다. 그들의 머리 위로 각각 베네딕트, 마이크, 아르세, 그리고 샤오라는 이름이 떴다. 이름 옆으로 100이라는 숫자와 그래프 같은 게 보였다. 규칙에서 본 체력 포인트 같았다. 글씨가 함께 적혀 있었는데 블러 처리가 되어서 잘 보이지 않았다. 그들 중 샤오가 상진이를 바라보며 물었다.

"괜찮아?"

샤오의 물음에 상진이는 고개를 끄덕이며 주변을 살폈다. 상진이는 벽에 걸린 낡은 거울을 발견하고 그쪽으로 발걸음을 옮겼다. 그리고 깜짝 놀랐다. 거울에 보이는 건 창백한 피부에 붉은 머리를 한 백인 여성이었기 때문이다. 곱슬머리가 어깨까지 내려와 있었고, 갈색의 바바리코트에 청바지 차림이었다. 머리 위로는 데보라라는 이름이 보였다. 거울을 멍하게 바라보는데 마이크가 다가왔다.

"너도 어디서 왔는지 기억이 안 나?"

상진이는 이게 게임이라고 말해주고 싶었지만 마이크와

다른 사람들의 진지한 표정을 보고는 입을 다물었다. 상진이, 아니 데보라가 아무 말도 하지 않자, 마이크는 고개를 저었다.

"이번 사람도 기억을 하지 못해. 우린 여기 왜 끌려온 거지?"

그때 통나무집이 삐걱거리는 소리가 들렸다. 다들 움찔하는 가운데 베네딕트가 그쪽으로 다가갔다. 그가 문고리를 잡자, 샤오가 소리쳤다.

"열지 말아요."

하지만 베네딕트는 무시하고 문고리를 돌렸다. 삐걱거리는 소리가 울려퍼지는 가운데 베네딕트가 뭘 봤는지 뒷걸음질을 쳤다. 데보라로 변한 상진이는 냉큼 뒤로 물러났다. 방 안에서 나온 것은 양복 차림의 동양인 남성이었다. 낡은 통나무집이라는 장소와는 어울리지 않는 깔끔한 차림이었다. 남자의 머리 위에는 기타노라는 이름이 떴다. 테 없는 안경을 쓴 기타노는 어리둥절한 표정으로 통나무집 안의 사람들을 바라봤다.

"여, 여긴 어딥니까?"

기타노의 물음에 대답한 건 아르세였다.

"우리도 몰라. 잠들어 있다가 깨어났으니까."

"저도 그렇습니다. 퇴근해서 잠들었다가 눈을 떴는데 여기였습니다. 밖에서 말소리가 들리긴 했는데 누군지 몰라서 조용히 듣고만 있었던 겁니다."

기타노의 얘기를 듣고 있던 데보라는 조용히 중얼거렸다.

"모두 여섯 명이네."

여섯. 현재 생존해 있는 도망자의 숫자였다. 게임 속에 들어온 건 확실한데 다른 게임과 달랐다. 무엇보다 이전에는 게임을 끝내고 싶으면 시야로 보이는 화면 구석에 있는 붉은 원을 삼 초 이상 쳐다보거나 '게임 중단'이라고 외치면 나올 수 있었다. 하지만 지금은 붉은 원이 보이지 않았다. 무엇보다 주변에서 느껴지는 으스스한 공포감이 너무나 현실적이었다. 그러니 게임에서 아웃되면 그냥 아웃으로 끝날 것 같지 않다는 느낌이 계속 들었다.

"이제 도망자가 모두 모였으니…."

그때 통나무집 밖에서 소름 끼치는 괴성이 들렸다. 사람의 소리 같기도, 짐승의 소리 같기도 했다. 마이크가 안경을 끌어올리면서 중얼거렸다.

"이건 뭐가 내는 소리지?"

데보라는 괴성의 정체를 알 것 같았다.

"살인마."

작게 중얼거렸지만 아르세가 눈치챘는지 시선을 돌렸다.

"지금 뭐라고 했어?"

"심상치 않은 거 같아요. 도망치든지 어디로 숨어야겠어요."

데보라의 말에 다들 떨떠름한 반응을 보였다. 이게 게임이고 어떤 규칙이 있는지 알고 있는 자신과는 달리 다른 사람들은 전혀 모르고 있는 것 같았다. 베네딕트가 제일 먼저 반대했다. 그렇게 말하는 베네딕트의 옆으로 블러 처리되어 있던 글씨가 드러났다. 현실적이며 이성적이라는 내용이었는데 아마 캐릭터의 특성을 보여주는 것 같았다.

"그게 맞는다면 오히려 밖으로 나가는 게 더 위험하지."

베네딕트의 말에 샤오가 맞장구를 쳤다. 그러자 블러 처리가 사라지며 글씨가 드러났다. 남의 말에 잘 휩쓸리며 우유부단한 성격을 가지고 있다는 설명이었다.

"맞아요. 문을 잘 닫고 있으면 안전할 거예요. 공포영화 같은 거 보면 흩어지면 죽잖아요. 모여 있어야 해요."

"아니, 이게 무슨."

공포영화인 줄 아느냐고 따지려던 데보라는 갑자기 극심

한 두통을 느꼈다. 관자놀이를 송곳으로 찔러서 후벼대는 것 같은 통증을 느낀 것이다. 어떻게든 버텨보려고 했지만 너무 강렬한 통증이라 비명을 지르며 비틀거렸다. 가까이 있던 마이크가 쓰러지기 직전의 데보라를 부축했다.

"괜찮아?"

반면 베네딕트는 밖에 뭐가 있을지 모르는데 조용히 하라고 윽박질렀고, 샤오 역시 못마땅한 표정을 지으며 팔짱을 끼고 노려봤다. 그때, 구석에 조용히 서 있던 기타노가 불쑥 말했다.

"제가 있던 방에 한 명 더 있습니다."

"한 명 더?"

마이크의 물음에 기타노가 고개를 끄덕거리며 아까까지 있던 방을 바라봤다. 두통 때문에 마이크에게 기대 서 있던 데보라는 그 와중에 생각을 했다.

'여섯 명이어야 하는데 한 명이 더 있다고?'

기타노는 방 쪽으로 몸을 돌리고 나오라고 손짓했다. 그러자 머리에 터번을 두르고 콧수염이 난 인도인 남성이 걸어 나왔다. 그의 머리 위로 싱이라는 이름이 보였다. 그는 어떻게 이곳에 왔는지 모르겠다고, 고향에 가족들이 있다고 하소

연을 했다. 마이크에게 기대 싱을 바라보던 데보라는 두통을 참고 억지로 몸을 바로 했다. 그리고 부축하던 마이크의 팔을 잡은 채 싱에게 소리쳤다.

"너, 정체가 뭐야!"

데보라의 호통에 싱은 난감한 표정을 지었다. 그 순간 이름 옆에 체력 포인트가 떴다. 철학적이며 사색적인 성격이라는 캐릭터 성격도 함께 보였다. 문득 데보라는 싱 옆의 기타노에게로 눈을 돌렸다. 멍하게 서 있던 기타노의 체력 포인트가 보이지 않았다. 거기다 캐릭터 성격도 보이지 않았다. 놀란 데보라와 눈이 마주친 기타노는 뒷걸음질치며 한 손으로 안경을 벗어서 떨어뜨렸다. 그러곤 머리를 좌우로 심하게 흔들었다. 이를 본 아르세가 외쳤다.

"저, 일본 사람 왜 저래?"

데보라는 관자놀이에 또 한 번 강렬한 통증을 느꼈다. 하지만 어느새 통증에 익숙해진 데보라는 계속해서 기타노를 바라봤다. 절망적인 표정을 지은 채 기타노가 외쳤다.

"내가 왜 이러는 거지?"

외마디 절규를 내지른 기타노가 두 손으로 얼굴을 감싸쥐었다. 그걸 본 아르세가 괜찮냐고 물으며 다가갔다. 그 순간 아르세의 캐릭터 특성이 나타났는데, 충동적이며 자신의 힘을 과신한다는 내용이었다. 뭔가 불길한 기운을 느낀 데보라가 외쳤다.

"위험해요!"

하지만 아르세는 못 들었는지 기타노에게 다가갔다. 통나무집의 벽을 등진 기타노는 두 손으로 감싸쥐고 있던 얼굴을 뜯어냈다. 얼굴을 북북 뜯어내는 기타노의 모습에 놀란 사람들이 비명을 질렀다. 뜯어낸 얼굴 아래에는 또 다른 얼굴이 있었다. 오래된 나무의 옹이 같은 기괴한 모습에 다들 입을 다물지 못했다. 두 손으로 입을 감싼 데보라가 중얼거렸다.

"살인마."

그러니까 한 명의 살인마와 여섯 명의 도망자가 한 장소에서 게임을 시작한 것이다. 양복을 입은 기타노의 몸이 마치 허물처럼 벗겨지자 나무껍질 같은 몸이 드러났다. 뒤틀린 몸체에 나무옹이 같은 얼굴을 가진 살인마로 변신한 것이다. 가장 먼저 반응을 보인 건 가까이 있던 아르세였다. 벽에 있던 거울을 떼어내서 살인마의 머리를 내리친 것이다. 와장창하는 소리와 함께 거울이 깨지면서 사방으로 유리 조각이 튀었다. 엄청난 충격이었겠지만 살인마는 끄떡도 하지 않았다.

그 순간 데보라의 머릿속에 도망자는 살인마를 결코 이길 수 없다는 규칙이 떠올랐다. 그걸 증명이라도 하듯 아르세가 살인마의 얼굴을 주먹으로 연달아 쳤음에도 불구하고 그는 꿈쩍도 하지 않았다. 연신 주먹으로 두들겨 맞던 살인마가 한 손을 아래로 뻗었다. 그러자 넝쿨과 가지들이 창처럼 뾰족하게 튀어나왔다. 살인마는 그걸로 아르세의 아랫배를 찔렀다. 갑작스러운 공격에 아르세가 소리를 지르지도 못하고 무릎을 꿇었다. 아르세를 제압한 살인마는 괴성을 질렀다. 그 소리를 들은 데보라를 포함한 다섯 명의 도망자들은 비명을 지르며 통나무집 밖으로 도망쳤다. 문밖으로 뛰쳐나간 데보라는 무심코 하늘을 올려다보고는 깜짝 놀랐다.

바깥은 낮과 밤이 교차하는 것같이 환하고도 어두웠다. 나무와 건물들이 만들어낸 그림자는 짙었고, 하늘에는 보라색 구름이 가득차 있었다. 오라클이 보여주는 가상현실은 너무나 생생했다. 번거롭긴 하지만 손에 장갑 형태의 촉감 센서를 끼고 있어서 가시를 만지면 찔린 듯 아파왔다. 그런데 지금 이 공간은 현실적이면서도 그전의 게임들과는 느낌이 달랐다. 게임 속이라는 걸 아는데도 살인마에게 살해당할 것 같은 공포감이 물씬 느껴졌다. 새로운 게임을 테스트 중이라는 얘기가 떠올랐다. 이 가상현실은 전과 달리 얼마만큼이나 더 현실적일까? 정신없이 달리던 데보라는 나무뿌리 같은 것에 걸려서 넘어졌다.

"아악."

무릎에 엄청난 통증이 느껴졌다. 순간 체력 포인트가 95로 줄어든 것이 시야에 들어왔다. 그리고 그 옆에 심장 모양의 아이콘이 새로 생겼는데 박동이 빨라지는 게 보였다. 아픈 무릎을 부여잡고 나무 아래로 가서 숨은 데보라는 잠시 후, 자신을 따라온 샤오를 발견했다. 샤오 역시 데보라처럼 나무뿌리에 걸려 넘어졌다. 쓰러진 샤오가 비명을 지르자 데보라가 낮은 목소리로 이름을 부르며 조용히 하라고 손짓했다. 엉금엉금 기어 데보라 곁으로 온 샤오는 바들바들 떨면서 통나무집을 바라봤다.

"대체 어떻게 돌아가는 거예요?"

"조용히 좀 해."

데보라가 짜증 섞인 말로 경고하자 주눅이 든 샤오가 고개를 끄덕거렸다. 잠시 후, 살인마가 축 늘어진 아르세를 어깨에 걸친 채 밖으로 나왔다. 그리고 데보라와 샤오가 숨어 있는 곳의 반대쪽으로 걸어갔다. 그걸 본 데보라가 몸을 일으키자 곧장 샤오가 팔을 잡아왔다.

"뭐 하려고요?"

"쫓아가보게."

"미쳤어요?"

"어차피 메고 가는 중이라 뒤를 돌아보지 못할 거야."

샤오의 팔을 뿌리친 데보라는 살인마의 뒤를 쫓았다. 기존의 게임과 다른 심상치 않은 분위기를 느끼며 데보라는 이서 탈출해야 한다는 생각을 했다. 그러자 퍼뜩 규칙이 떠올랐다. 엄청나게 겁이 나긴 했지만, 제단 부근에서 바깥으로 탈출할 수 있는 문을 찾아야 했다. 몸을 바짝 낮춘 채 걷는데 안개가 엄습해왔다. 시야가 흐려져 또 한번 겁이 났지만 용기를 내기로 했다. 안개가 사라지고 보라색 구름 사이로 붉은 달이 보였다. 그리고 멀리 벌판을 가로지르는 살인마의 모습이 보였다. 데보라는 심호흡을 하고 뒤를 쫓았다.

벌판을 가로지른 살인마는 제단에 도달했다. 기괴한 괴물을 조각해놓은 돌기둥과 나무들이 무질서하게 세워져 있고, 가운데에는 말라 죽은 커다란 나무가 보였다. 몸통과 몇 개의 굵은 가지만 남았는데 넝쿨이 어지럽게 걸려 있었고, 나무 껍질에 붉은 피 같은 게 천천히 흘러내리는 게 보였다. 그곳까지 걸어간 살인마는 어깨에 짊어지고 온 아르세를 나무 아래로 떨어뜨렸다. 그러곤 넝쿨로 아르세의 두 팔을 묶은 다음 힘껏 당겼다. 축 늘어져 있던 아르세가 정신을 차렸는지 살려달라고 고래고래 소리를 지르기 시작했다. 하지만 살인마는 들은 척도 안 하고 넝쿨을 바짝 당겨서 아르세를 나무에 매달아놨다. 살인마의 행동을 바라보며 데보라가 중얼거렸다.

"살인마가 제단에 제물을 바치는 거네."

앞으로 큐브를 찾아서 탈출구를 생성하거나 아니면 제단의 문이 열리는 순간을 기다렸다가 탈출해야만 했다. 만약 실패하면 게임이 끝나는 게 아니라 더 큰 무언가를 잃을 수 있다는 생각이 들었다. 도망치려고 마음먹고 발걸음을 떼는 순간, 마른가지를 밟고 말았다. 딱, 하는 소리가 울리자 나무에 매단 아르세를 올려다보던 살인마가 고개를 돌렸다.

"젠장!"

데보라는 몸을 돌려서 달리기 시작했다. 들켰으니 최대한 멀리 도망치기로 한 것이다. 한참을 정신없이 달리던 데보라는 무심코 고개를 돌렸다가 깜짝 놀라고 말았다.

"뭐야!"

살인마가 바짝 뒤쫓아 온 것이다. 그 순간 게임 규칙이 떠올랐다. 도망자는 살인마보다 빨리 달릴 수 없지만, 빠른 방향 전환과 장애물 넘기에 능하다는 내용 말이다. 데보라는 좌우로 방향을 바꿔가면서 뛰었다. 그러자 살인마와 차츰 거리가 벌어졌다. 하지만 이런 식으로 계속 뛸 수는 없었다. 그 와중에 체력 포인트가 줄어들어 91이 되어버린 것이다.

"숨을 곳을 찾아야겠어."

주변을 두리번거리는데 멀리 십자가가 있는 교회가 보였다. 그쪽으로 다가가자 바로 옆에 공동묘지가 보였다. 높낮이가 다른 비석들이 어지럽게 꽂혀 있는 공동묘지로 들어간 데보라는 그 사이를 뛰어다니며 살인마에게 혼란을 주었다. 당장 은신처를 구할 수 없으니 일단 장애물을 이용해야 했다. 살인마는 데보라를 쫓으면서도 장애물 때문에 쩔쩔맸다. 그 틈을 타, 데보라는 공동묘지의 돌담을 훌쩍 뛰어넘었다. 허리보다 약간 높은 정도라서 한 손으로 담장을 짚고 어렵지 않게 넘을 수 있었지만, 살인마는 다소 삐걱거렸다. 또 한번 거리를 벌린 데보라는 이제 교회 쪽으로 뛰었다. 안으로 들어갈까 잠시 고민했지만 자칫하면 갇힐지도 모른다는 생각에 옆으로 빙 돌아 성모마리아 상 뒤에 숨었다. 잠시 후, 쿵쿵거리는 소리와 함께 살인마가 나타났다. 데보라는 심장 모양의 아이콘 옆에 있는 숫자가 계속 올라가는 걸 보았다.

'이러다 들키고 말겠어.'

다행히 때맞춰 교회의 지붕 위에 있던 까마귀들이 울면서 날아가는 바람에 쿵쿵거리는 소리가 감춰졌다. 살인마는 데보라를 발견하지 못하고 성모마리아 상 앞을 지나 사라졌다. 안도하며 웅크렸던 몸을 일으키던 데보라의 시야에 발밑에서 푸르게 반짝거리는 큐브가 들어왔다.

"탈출구를 생성할 수 있는 아이템이네."

큐브를 집는 순간, 시야 한쪽에 큐브 획득이라는 글씨와 함께 반짝거리는 큐브 아이콘이 나타났다. 그리고 스킬 포인트를 획득했다는 문장과 함께 달리기 속도 증가와 체력 포인트 3 회복이라는 글씨도 떴다가 사라졌다. 체력 포인트가 94로 올라가는 걸 보고 마음을 놓은 데보라는 큐브를 주머니에 넣고 주변을 살폈다.

"일단 키홀 위치를 확인해보자."

그때 멀리서 살인마가 울부짖는 소리가 들렸다. 또 한 명의 도망자를 획득한 것 같았다. 그 소리를 들은 데보라가 중얼거렸다.

“살인마가 도망자를 제단까지 데리고 갈 동안 나는 안전하겠네.”

몸을 돌린 데보라는 교회 주변부터 살펴보기로 했다.

교회 뒤편에는 으스스해 보이는 숲이 있었다. 게임 그래픽 문제인지 나무에 잎사귀는 하나도 없었지만 나무둥치들이 간격을 촘촘히 둔 채 자라고 있어서 안에 들어가면 밖에서 보이지 않을 것 같았다. 소리가 나지 않게 조심스럽게 숲 안으로 들어가 혹시 뭔가 있을까 뒤져봤지만 아무것도 나오지 않았다. 다만 매의 눈이라는 스킬 포인트를 획득해서 시야가 조금 더 넓어졌다.

다시 숲을 나온 데보라는 앞으로 쭉 걸었다. 오른쪽에는 어둠이 장벽처럼 서 있었는데 맵의 끝부분 같았다. 너무 높아서 뛰어넘을 수는 없을 것 같았고, 만약 넘어가면 버그가 생길지 몰라서 그곳으로 가는 건 포기했다. 조금 더 걷자 강이 나타났고 그 위를 나무다리가 가로지르고 있었다. 다리를 건너려고 했는데 오래되었는지 삐걱거리는 소리가 울려퍼졌다. 이러다 살인마가 듣겠다는 생각에 발걸음을 조심스레 서두르는데 그만 발이 푹 빠지고 말았다.

"으악!"

그 순간 체력 포인트 5가 줄어서 89가 되어버렸다. 그보다 문제인 건 발을 다시 뺄 수 없다는 거였다.

"이러다 살인마가 나타나겠어."

끙끙거리며 발을 겨우 뺐지만 상처가 생긴 게 보였다. 청바지가 널빤지 조각에 찢기면서 정강이가 깊게 긁힌 것이다. 간신히 한 걸음을 떼었지만 피가 뚝뚝 떨어졌다.

피를 보자 더 초조해졌다. 당장이라도 다리 건너편에서 살인마가 모습을 드러낼 것만 같았다. 데보라는 숨을 만한 곳을 찾기 위해 다리 아래로 내려가보기로 했다.

강가로 내려서자 물이 무릎까지 잠겼는데 상처에 닿자 더 쓰라렸다. 신음소리를 참으며 다리 기둥 쪽으로 향하는데 어디선가 물결이 첨벙이는 소리가 들렸다. 놀라서 고개를 두리번거리자 베네딕트의 모습이 보였다. 완전히 겁에 질린 그는 물에 흠뻑 젖은 채 부들거리며 서 있었다. 무슨 일을 겪었는지 모르지만 체력 포인트는 65까지 떨어져 있었고, 심장박동도 엄청 빨랐다. 그에게 다가간 데보라가 물었다.

"괜찮아?"

"아까 도망치다가 발을 헛디뎠어."

"내가 봐줄게."

약초나 약품이 없더라도, 다른 도망자가 도와주면 치료가 가능하다는 규칙이 떠올랐다. 너른 바위 위에 베네딕트를 앉히고 발목을 살펴보자 심하게 부어 있는 게 보였다. 데보라가 두 손으로 상처를 감싸자 천천히 부기가 가라앉으면서 베네딕트의 체력 포인트가 70으로 올라갔다. 물론 치료 도중에 두 사람의 몸은 굳어버린 듯 전혀 움직일 수 없었다. 다시 몸이 풀린 뒤에야 베네딕트는 한결 편안한 표정으로 발목을 내려다봤다.

"신기하네. 만져주기만 해도 치료가 되는 거야?"

"그런가봐. 내 발목도 봐줄래?"

데보라의 말에 베네딕트가 고개를 끄덕거렸다. 베네딕트가 다친 정강이를 만져주자 89였던 체력 포인트가 93까지 올라갔다. 데보라의 시야에 베네딕트의 불룩한 외투 주머니가 들어왔다. 시선을 눈치챈 베네딕트가 주머니에 있는 걸 꺼내서 보여줬다.

"다리 기둥 아래 물속에 있는 걸 찾았어."

그가 보여준 건 다름 아닌 큐브였다. 기뻐서 소리를 치려던 데보라는 머리 위에서 들려오는 삐걱거리는 소리에 그대로 굳어버리고 말았다. 살인마였다. 그 순간 베네딕트가 기침을 하고 말았다. 놀란 데보라가 황급히 그의 입을 막아보았지만 이미 늦고 말았다. 잠시 후, 살인마가 다리 위에서 뛰어내렸다. 첨벙하는 소리와 함께 살인마가 물속에서 모습을 드러냈다. 그러곤 천천히 두 사람을 향해 다가오기 시작했다. 살인마는 창처럼 뾰족한 가지를 들고 있었다. 그걸 본 데보라가 외쳤다.

"위험해!"

살인마가 괴성과 함께 가지를 던졌다. 데보라는 엎드리면서 피할 수 있었지만, 뒤에 있던 베네딕트는 어깨가 꿰뚫린 채 다리 기둥에 박혀버렸다. 베네딕트의 체력 포인트가 45로 뚝 떨어졌다. 데보라가 황급히 피하자 살인마는 성큼성큼 다가와서 베네딕트의 어깨에 박힌 가지를 뺐다. 그러고는 축 늘어진 베네딕트를 한쪽 어깨에 걸쳤다. 이를 틈타 데보라는 강가를 벗어나 정신없이 달렸다. 살인마는 멀리 도망친 데보라를 한동안 바라보다가 돌아섰다.

다리에 힘이 풀린 데보라는 그대로 주저앉고 말았다. 그러다 무심코 옆을 바라봤는데 이상한 바위를 발견했다. 사각

기둥처럼 생겼는데 위쪽은 십자형으로 패어 있었고, 그 정중앙이 툭 튀어나와 있었다. 그 모양과 크기가 큐브와 똑같았다. 혹시나 해서 큐브를 꺼내 상하, 좌우로 패어 있는 곳 중 하나에 넣어보니까 딱 맞았다.

"여기가 키홀이었네."

네 개의 큐브를 모두 찾아서 빈 곳에 끼워 넣으면 탈출구가 생성된다. 데보라는 베네딕트가 가지고 있던 큐브가 필요했다. 그를 구출해야 했다. 물론 살인마와 마주치는 건 끔찍한 일이었지만, 도망자가 제물로 바쳐지는 동안 살인마는 그 앞을 떠날 수 없다는 규칙이 떠올랐다. 데보라는 용기를 내서 몸을 일으켰다.

데보라는 다시 강가로 돌아왔다. 베네딕트가 흘린 피가 군데군데 떨어져 있었다. 희미하긴 했지만 스킬 포인트로 획득한 매의 눈이 도움이 되었다. 피의 흔적을 따라 풀숲을 한참 지나자 익숙한 풍경이 펼쳐졌다. 제단에 도달한 것이다. 나무 밑에 나동그라져 있는 베네딕트와 축 늘어진 채 넝쿨에 매달려 있는 아르세가 보였다. 그리고 그 옆에는 살인마와 한방에 있었던 인도인 싱이 거꾸로 매달려 있었다. 머리를 심하게 다쳤는지 터번은 어느새 사라지고 이마가 피로 물들어 있었다. 살인마가 넝쿨로 베네딕트의 팔을 묶는 게 보였다. 더 이상 지체하면 구출하는 데 실패할 것 같아서 서두르기로 했다. 다행히 주변에는 무기로 쓸 만한 돌들이 널려 있었다. 몇 개를 집어 든 데보라는 살인마를 향해 힘껏 던졌다. 그중 하나가 뒤통수에 명중하자 살인마가 돌아봤다. 데보라는 남은 돌을 마저 던지면서 베네딕트에게 소리쳤다.

"내가 유인할 테니까 다리로 가!"

살인마가 베네딕트를 놔두고 데보라에게 달려들었다. 데보라는 제단에 있는 나무와 돌기둥을 요리조리 피해 도망치면서 살인마의 손아귀에서 벗어났다. 몇 번 위험하긴 했지만 공동묘지의 경험을 살려서 붙잡히지 않을 수 있었다. 그사이, 몸을 일으킨 베네딕트가 비틀거리며 도망치는 게 보였다. 하지만 체력이 너무 떨어져서 뛰지 못하고 겨우 걷기만 했다. 시간을 더 끌어야 한다는 생각에 잠깐 정신이 팔려 있던 데보라는 살인마의 공격을 받았다.

"으윽!"

다행히 어깨가 살짝 긁히기만 해서 체력 포인트는 92가 되었다. 그러다가 돌기둥을 사이에 두고 살인마와 대치했다.

살인마가 오른쪽으로 돌려고 하면 왼쪽으로 움직이고, 왼쪽으로 오려고 하면 오른쪽으로 슬쩍 돌아갔다. 그런 식으로 시간을 끈 다음에 뒤로 돌아서 도망쳤다. 직선으로 도망치면 살인마의 속도가 더 빠르기 때문에 벌판은 위험했다. 대신 방금 거쳐 온 풀숲으로 들어갔다. 풀과 나무들이 빽빽해서 몸을 숨기기 딱 좋았다. 깊숙이 도망친 데보라는 안전해 보이는 위치에서 가만히 주저앉았다. 잠시 후, 오른쪽으로 살인마가 지나가는 소리가 들렸다. 데보라는 조마조마했지만 차분해지기 기술이라는 새로운 스킬 포인트를 획득해서 오히려 심장박동 수는 줄어들었다. 덕분에 주변을 빙빙 돌던 살인마는 데보라를 찾지 못하고 멀어져갔다. 잠자코 숨어 있던 데보라는 주변이 조용해지자 베네딕트와 만났던 다리 쪽으로 향했다.

다리 기둥 옆 바위에 베네딕트가 앉아 있는 게 보였다. 데보라는 살인마가 던진 가지에 꿰뚫렸던 그의 어깨를 어루만졌다. 43까지 떨어져 있던 체력 포인트가 52로 올라갔다. 하지만 여전히 상태는 안 좋아 보였다. 데보라는 숨을 헐떡거리는 베네딕트에게 말했다.

"움직이는 건 무리일 거 같아. 이 근처에 밖으로 나갈 수 있는 키홀이 있어."

"키홀? 여길 벗어날 수 있는 거야?"

"그래. 하지만 큐브 네 개가 필요해."

"큐브? 아, 이게 그 큐브야?"

데보라가 고개를 끄덕거리자 베네딕트가 주머니에 있던 큐브를 꺼내서 건넸다. 데보라는 재빨리 키홀로 가서 두 번째 큐브를 끼웠다. 그러곤 돌아와 베네딕트에게 말했다.

"남은 두 개를 더 찾아야 해. 내가 움직일 테니까 너는 숨어 있어."

"알겠어. 근데 나 혼자 있을 때 살인마가 찾아오면 어떡하지?"

현실적이며 이성적인 성격이었던 베네딕트의 캐릭터 특성이 바뀌어 있었다. 공포감에 휩싸여 제대로 된 판단을 내리지 못함. 데보라는 캐릭터가 처한 상황에 따라 성격이 변한다는 걸 깨달았다. 지독하게 현실적인 설정이라는 생각이 들자 자신도 모르게 혼잣말이 나왔다.

"다시는 이 게임을 하나 봐라."

"뭐라고?"

부축을 받고 있던 베네딕트의 물음에 데보라가 얼버무렸다.

"밖으로 나가면 다시는 살인마를 마주치고 싶지 않다고."

"나도 그래."

데보라는 베네딕트를 부축해 강가를 벗어났다. 그 순간 시야에 반짝이는 글자가 들어왔다. 베네딕트를 구한 덕분에 필사의 질주라는 스킬 포인트를 획득한 것이다. 보라색 구름은 한층 더 짙어져 있었다. 데보라는 베네딕트를 나무 아래 숨겨주고 조심스럽게 걸어갔다. 다행히 중간중간 큰 나무들이 나타났고, 그림자들이 길게 드리워져서 그곳에 몸을 숨길 수 있었다. 그 와중에 살인마의 괴성이 한번 더 들렸다. 누군가 또 잡힌 모양이었다. 다행히 소리가 들린 쪽은 베네딕트를 숨긴 곳과 멀었다. 희생자는 마이크와 샤오 중 하나일 터였다.

이런저런 생각을 하면서 나무 사이를 걷는데 눈앞으로 양철 슬레이트로 지붕을 덮은 건물이 보였다. 사람이 사는 집이라기보다는 공장이나 창고 같았다. 그곳에 큐브가 숨겨져 있을지도 모른다는 생각에 발걸음을 안으로 옮겼다. 활짝 열린 문으로 들어가자 엔진과 바퀴가 없는 트럭이 놓여 있었고, 주변에는 공구들과 쇠사슬 같은 것이 보였다. 트럭을 지나쳐 더 깊은 안쪽으로 들어가자 벽에 나란히 선 캐비닛이 보였다. 붉은색 칠이 대부분 벗겨져 있었고, 모서리는 찌그러지거나 녹

슬어 있었다. 캐비닛 근처로 다가가는데 인기척이 느껴졌다. 흠칫 놀랐지만 안에 살인마가 있을 리는 없었기에 안심하고 하나씩 열어보았다. 두 번째 캐비닛을 열자 약품 상자 모양의 아이템이 보였다.

"베네딕트에게 써야겠군."

약품을 챙긴 후, 세 번째 캐비닛 문을 열자 안에서 오들오들 떨고 있는 샤오가 나타났다. 놀란 샤오가 데보라를 보고는 안도의 한숨을 쉬었다.

"샤오, 살아 있었네요."

데보라는 아까 살인마가 지른 괴성이 마이크 때문임을 알게 되었다. 이제 남은 도망자는 자신과 샤오, 그리고 베네딕트뿐이었다. 밖으로 나온 샤오가 주변을 두리번거렸다.

"살인마는 근처에 없죠?"

"그런 거 같아. 다친 데는 없어?"

"네. 언니랑 헤어지고 이리저리 도망치다가 여기로 들어와서 숨었어요. 근데 어떻게 절 찾았어요?"

샤오의 물음에 데보라가 혀를 찼다.

"여긴 대놓고 숨으라고 만든 곳 같잖아. 거기다 지금처럼 살인마가 문을 열면 꼼짝없이 잡혀가고 말겠어."

"그렇긴 한데 어디로 도망쳐야 할지 몰라서요."

오들오들 떨며 샤오가 불안한 듯 계속 말을 이었다. 데보라는 얘기가 길어질 것 같아서 바로 물었다.

"혹시 큐브 본 적 있어?"

"큐브요?"

"응, 푸른빛을 내며 반짝이는데 크기는 이만해."

데보라가 설명하자 잠시 생각하던 샤오가 고개를 끄덕거렸다.

"본 적 있어요."

"어디서?"

"그, 공동묘지 옆에 있는 교회에서요."

맨 처음 살인마를 피해서 도망쳤던 장소라는 걸 깨달은 데보라가 물었다.

"교회 어디?"

"교회 안에 들어가면 긴 의자들이 좌우로 쭉 있잖아요. 오른쪽 의자들 가운데쯤 바닥에서 봤어요. 거기 숨어 있으려고 했는데 살인마가 주변을 뛰어다니는 걸 보고는 겁이 나서 여기로 왔어요."

데보라가 공동묘지에서 살인마와 숨바꼭질을 할 때, 샤오는 아마 그곳에 숨어 있었던 것 같았다. 데보라가 샤오에게 말했다.

"내 말 잘 들어. 여길 빠져나가려면 그 큐브를 찾아서 키홀로 가야 해."

"그럼 살인마에게서 벗어날 수 있나요?"

"키홀의 문이 열리면 밖으로 나갈 수 있어. 큐브는 네 개가 필요한데 두 개는 이미 찾았고, 하나는 교회에 있으니까 마지막 하나만 더 찾으면 돼."

데보라의 얘기를 들은 샤오가 잠시 생각하다가 고개를 끄덕거렸다.

"언제까지 이렇게 숨어만 있을 수는 없으니까요. 같이 찾아봐요."

데보라는 샤오와 함께 교회로 향했다. 최대한 벌판을 피하고 나무들을 따라 걸으면서 주변을 살폈다. 데보라는 베네딕트가 무사한지 걱정되었지만, 아직 살인마의 괴성은 들리지 않았다. 교회로 가는 동안 샤오가 이런저런 말을 건넸다.

"이게 현실인지 꿈인지 모르겠어요. 꿈이라면 정말 좋겠어요. 깨어나자마자 정신과 의사를 찾아갈 거예요. 돈이 얼마나 들지 몰라도요."

그런 샤오에게 데보라는 이건 꿈이 아니라 게임 속이라는 얘기를 해주고 싶었지만 꾹 참았다. 교회까지 무사히 도착한 두 사람은 살인마가 어슬렁거리지는 않는지 주변을 살폈다. 까마귀들이 교회의 지붕과 공동묘지의 비석 위에 앉아 있는 게 보였다. 데보라는 샤오에게 말했다.

"내가 안에 들어가서 살펴볼 테니까 넌 여기서 기다려. 혹시 살인마가 나타나면 소리를 치고 도망쳐. 놈은 속도가 빠르니까 그냥 달리지 말고 장애물을 이용해서 이리저리 피하면서 달려야 해. 알았지?"

샤오가 고개를 끄덕거리며 알겠다고 대답했다. 데보라는 천천히 교회의 문을 열었다. 삐걱거리는 소리와 함께 문이 열리면서 안쪽의 풍경이 드러났다. 샤오 말대로 긴 의자가 좌우에 놓여 있었고, 앞쪽으로 목사가 설교하는 단상이 보였다. 그 뒤쪽 벽으로는 나무로 만든 커다란 십자가가 걸려 있었다. 양옆으로는 긴 창문들을 통해 빛이 들어와서 서로 교차하는 중이었다. 데보라는 나무 바닥을 천천히 밟으면서 앞으로 걸어갔다. 그러면서 허리를 숙여서 오른쪽 의자 바닥을 살펴봤다. 앞쪽에 푸른빛을 내는 큐브가 보였다. 생각보다 쉽게 찾았다는 생각에 데보라는 바닥으로 기어가서 큐브를 챙겼다. 주머니에 넣고 일어나는데 섬뜩한 기분이 들었다. 고개를 돌리자 교회의 창문을 통해 자신을 응시하고 있는 살인마가 보였다. 놀란 데보라가 뒷걸음질을 치자 살인마가 손으로 유리창을 깨고 안으로 들어왔다. 하지만 둔중한 몸이 창틀을 넘어오는 데 제법 시간이 걸렸고, 그사이 데보라는 교회 밖으로 도망쳤다. 문을 열고 나오면서 샤오에게 소리쳤다.

"놈이 나타났어. 도망쳐!"

하지만 샤오는 보이지 않았다. 헤어지기 전 샤오가 서 있던 곳 주변으로 핏방울들이 보였다. 계단 아래 샤오가 입에 피를 흘린 채 누워 있는 게 보였다. 100에 가까웠던 체력 포인트는 44까지 떨어져 있었다. 도와주려고 했지만 살인마가 문을 박차고 나와서 그럴 틈이 없었다. 데보라는 공동묘지 쪽으로 도망쳤다. 그러면서 살인마가 도망자를 잡고 난 이후 지르던 괴성이 들리지 않았다는 걸 깨달았다.

"살인마도 스킬을 습득했군."

살인마가 샤오를 끌고 갈 동안 도망칠 시간을 벌 수 있으리라 생각했는데, 살인마는 데보라를 쫓아왔다.

"뭐야?"

샤오가 부상을 입어서 멀리 도망치지 못할 것 같다고 판단한 것 같았다. 데보라는 지난번처럼 공동묘지의 비석들 사이를 왔다갔다하면서 살인마를 피했다. 그런데 살인마가 이전보다 빨라졌다는 게 느껴졌다. 이전에는 여유롭게 피할 수 있었는데 이번에는 아슬아슬하게 피하는 상황이 여러 번 연출된 것이다.

"이러다 잡히고 말겠어."

데보라는 필사의 질주 스킬을 사용하기로 했다. 덕분에 살인마의 추격을 뿌리칠 수 있었다. 공동묘지를 벗어나서 몸을 숨길 수 있는 숲까지 달린 데보라는 베네딕트가 숨은 위치로 움직였다. 이제 샤오까지 잡혀갔으니 남은 건 단둘뿐이었고, 찾아야 할 큐브도 하나뿐이었다. 큐브를 다 찾아서 키홀의 문을 열고 탈출할 수 있을까? 아니면 제단에 다섯 명의 도망자들이 제물로 바쳐지길 기다렸다가 제단의 문이 열릴 때 탈출해야 할까? 데보라는 빠르게 머리를 굴려보았다. 하지만 언제든 살인마를 마주칠 수 있는 제단의 탈출구는 너무 위험했고, 아직 희생자는 넷이었기 때문에 큐브를 더 찾아보는 편이 나았다. 이런저런 생각을 하다 어느덧 키홀에 도착한 데보라는 빈 곳에 큐브를 끼웠다.

"이제 하나만 더 찾으면 되는데."

살인마의 스킬이 늘었기 때문에 이제는 더욱더 주의해야 했다. 슬슬 희망이 보이자 데보라는 어떻게든 이곳에서 탈출하고 싶었다. 그리고 현실로 돌아가면 다시는 게임을 하지 않겠다고 다짐했다. 데보라는 남은 큐브가 어디에 있을지 생각하며, 베네딕트에게로 돌아왔다. 나무 그림자 아래 은신하고 있던 베네딕트가 보였다. 데보라는 캐비닛에서 찾은 약품 아이템을 베네딕트에게 건넸다. 그러자 베네딕트의 체력 포인트가 71까지 올라갔다. 이 정도면 살인마를 마주쳤을 때 충분히 뛸 수 있을 터였다. 베네딕트의 상태가 눈에 띄게 좋아진 걸 본 데보라가 말했다.

"이제 우리 둘뿐이야."

"다른 이들은… 다?"

데보라가 대답 대신 고개를 끄덕거리자 베네딕트가 물었다.

"어떻게 하면 벗어날 수 있는 거지?"

"아까 말한 것처럼 네 개의 큐브를 키홀에 끼우면 문이 열려. 이제 하나만 더 찾으면 되고."

"다른 방법은 없어?"

"아까 살인마가 너를 끌고 갔던 곳에 다섯 명이 모이면 그

근처에 탈출구가 생겨. 지금은 네 명이 모여 있지."

잠시 생각하던 베네딕트가 말했다.

"그럼 우리 둘이 네 번째 큐브를 찾으면 되는 거네?"

"맞아. 서두르자. 놈도 더 빨리 움직일 거야."

데보라는 베네딕트와 함께 벌판으로 나와서 주변을 살폈다. 양철 슬레이트 지붕 건물과 교회에서 큐브가 나왔기 때문에 다른 곳을 찾아봐야만 했다. 뒤따라오던 베네딕트가 말했다.

"아까 다리로 오기 전에 오래된 석조 주택을 본 적 있어. 지붕이 다 무너지고 창문도 전부 깨져 있어서 못 들어갔는데 거기 들어가볼까?"

"어딘데?"

"따라와."

이번에는 베네딕트가 앞장서서 걸었다. 까마귀가 기분 나쁘게 우는 숲을 지나자 멀리 달빛 아래 제단이 보였다. 생각보다 가깝다는 생각에 흠칫했지만 큐브를 서둘러 찾아야겠다는 생각이 앞섰다. 베네딕트가 얘기한 석조 주택은 한눈에 봐도 으스스했다. 회색 돌로 쌓은 벽은 갈라져 있었고 그 위로 넝쿨이 엉켜 있었으며, 창문과 문 역시 모두 사라지고 없는 상태였다. 지붕도 주저앉아서 아주 오랫동안 버려진 흔적이 역력했다. 저택 주변에 유독 짙은 안개가 끼어 있어서 더 음산했다. 네모난 기둥이 받치고 있는 포치 앞으로 날개 달린 작은 천사가 서 있는 분수대가 보였다. 분수대 앞에 선 베네딕트가 석조 주택의 입구를 가리켰다.

"무서워서 안에 들어가지는 않았는데 저 안에 있을지 몰라."

입구 바닥에는 널빤지들이 널려 있어서 그 위로 지나가야만 했다. 주변을 살피면서 입구로 들어가던 데보라가 널빤지를 밟는 순간 발밑이 푹 꺼지는 것을 느꼈다. 널빤지 아래 감춰져 있던 함정에 빠진 것이었다. 곰덫 같은 것에 한쪽 발이 완전히 끼어버렸다. 오래된 나무다리에서 정강이를 다쳤을 때와는 비교할 수 없을 정도의 고통이 느껴졌다.

"아악!"

저도 모르게 비명을 지른 데보라는 뒤에 있던 베네딕트를 바라봤다. 그런데 베네딕트의 표정이 이상했다. 마치 터져나오는 웃음을 참고 있는 것 같았다. 그 순간 데보라의 시야에 그사이 또 바뀐 캐릭터 특성이 들어왔다. 야비한 욕망으로 언제든 동료를 배신할 수 있다는 내용이었다. 데보라는 상황을 바로 눈치챘다.

"네가 만든 함정이구나."

베네딕트가 고개를 끄덕거리며 말했다.

"원래는 살인마를 잡으려고 만든 거였어. 근데 생각해보니까 큐브를 찾는 것보다 너를 다섯 번째 희생자로 만드는 게 더 쉽겠더라."

"뭐라고!"

"도와준 건 고맙지만 일단 내가 살아야지."

베네딕트는 낄낄거리며 안개 사이로 사라졌다.

"살인마가 나타나기 전에 도망쳐야 하는데."

체력포인트는 72까지 떨어졌고, 심장박동수가 치솟았다. 아까 비명까지 질렀으니 살인마가 나타나는 건 시간문제였다. 데보라는 어떻게든 덫에서 빠져나오기 위해 안간힘을 썼지만 아무 소용이 없었다. 잠시 후 안개를 뚫고 살인마가 나타났다. 데보라는 다가오는 살인마에게 널빤지 조각을 던지며 저항했지만 소용이 없었다. 다가온 살인마가 데보라를 손으로 후려치자 정신을 잃고 만 것이다.

의식을 잃었던 데보라는 몸이 흔들리는 것을 느끼며 눈을 떴다. 주변을 바라보자 머리 위로는 황토색 땅이 펼쳐져 있었고 아래로는 보라색 구름이 흐르고 있었다. 살인마의 어깨에 걸쳐져 있어서 세상이 거꾸로 보였던 것이다. 그사이 체력 포인트는 45까지 떨어져 있었다. 이제 도망치더라도 뛰는 건 불가능했다.

살인마는 일정한 걸음으로 제단에 도착했다. 커다란 나무에는 네 명의 도망자들이 매달려 있었다. 다들 의식을 잃은 상태였는지 축 늘어져 있었다. 데보라는 곧 자신도 저기에 함께 매달려 있게 되리라 생각하며 체념했다. 그런데 순간 놀라운 광경이 데보라의 눈에 들어왔다. 나무옹이의 얼굴을 한 살인마 말고, 또 한 놈의 살인마가 더 있었던 것이다. 피 묻은 천을 뒤집어쓴 살인마의 손에는 피 묻은 갈고리가 보였는데, 거기에 베네딕트의 어깨가 꿰어져 있었다. 데보라를 함정에 빠뜨리고 혼자만 살아남으려 했지만 두 번째 살인마를 피하지 못한 것이다.

"설마."

맨 처음 통나무집에 있을 때 밖에서 들려왔던 괴성의 주인공 같았다. 그제야 왜 살인마가 샤오를 쓰러뜨리고 그냥 놔둔 채 자신을 쫓아왔는지 이해가 되었다. 쓰러진 샤오를 데려갈 또 한 명의 살인마가 있었던 것이다. 버그인지 아니면, 애초부터 게임의 규칙을 제대로 알려준 게 아니었는지 모르지만 이제 빠져나가는 건 글러 먹은 것 같았다. 이번 게임은 패배였다. 하지만 단순하게 게임이 종료될 것 같지 않다는 생각이 머리를 스쳤다. 어떻게든 도망쳐야 했다.

또 다른 살인마는 갈고리에 쇠사슬을 걸어 나무 위로 걸친 다음에 쭉 잡아당겼다. 그러자 어깨가 꿰인 베네딕트가 질질 끌려 올라갔다. 쇠사슬을 고정시킨 살인마는 베네딕트 앞에 서서 마치 기도를 하는 것처럼 두 손을 모았다. 그러자 베네딕트의 몸에서 빛이 흘러나오더니 살인마에게로 흡수되었다. 베네딕트마저 제물이 된 것이다. 그사이 첫 번째 살인마는 나무 앞에서 멈춰 서서 데보라를 바닥에 내려놨다. 그러곤 넝쿨을 한 줄 당겨서 팔에 묶으려고 했다. 데보라는 몸부림을 치며 반항을 했지만 끌려 올라갈 수밖에 없었다. 한쪽 팔이 묶인 채 끌어 올려진 데보라는 마이크 옆에 매달리게 되었다. 그 순간 마이크의 손에 들린 약초가 보였다.

"치료할 수 있는 아이템이잖아."

데보라는 남은 한 손으로 약초를 건드렸다. 그러자 체력이 58까지 올라갔다. 몸에 활력이 돌면서 좀더 강하게 움직일 수 있었다. 데보라는 다른 넝쿨을 가지고 다가오는 살인마를 두 발로 힘껏 걷어찼다. 예상 밖의 공격은 보기 좋게 성공해서 살인마가 바닥에 쓰러졌다. 그사이 팔목을 비틀어서 감긴 넝쿨을 풀어낸 데보라는 다른 살인마가 다가오는 걸 보았다. 몸을 피하려는 순간 살인마가 던진 쇠사슬이 어깨를 스쳤다.

"아얏!"

다행히 치명타는 아니어서 체력 포인트는 아슬아슬하게 51로 줄어들었다. 뛸 수 있는 수치였다. 나무 뒤로 돌아간 데보라는 제단의 끝자락에 하얀빛을 내는 원이 생기는 걸 봤다.

"탈출구야!"

데보라는 그곳을 향해 뛰기 시작했다. 뒤에서는 두 살인마가 내뱉는 괴성들이 들려왔다. 빛의 원이 눈앞에 다가온 순간, 첫 번째 살인마가 날린 날카로운 창과 같은 가지가 어깨를 꿰뚫었다. 체력이 24로 줄면서 속도가 확 줄어들었다. 하지만 데보라는 가지고 있던 필사의 질주 기술을 이용했다. 그리고 마지막에 빛의 원을 향해 몸을 던졌다. 머리 옆으로 두 번째 살인마가 던진 갈고리가 스쳐지나가는 게 보였다. 빛 안은 또 다른 어둠이었다. 게임이 시작될 때 느꼈던 그 심연 속에서, 이제는 더이상 데보라가 아닌 상진이가 눈을 떴다. 그러자 글씨가 보였다.

테스트 중인 게임 '중독'을 재미있게 즐기셨나요? 하지만 이 게임은 아직 끝난 게 아닐 수도 있습니다. 일상을 소중하게 생각하십시오.

곧 글씨는 마치 눈이 녹는 것처럼 사라졌다. 상진이는 다시 정신을 잃었다.

잠시 후, 상진이는 안마의자처럼 생긴 기계 위에서 눈을 떴다. 조심스럽게 의자에서 일어난 상진이는 헬멧형 AR 기계를 벗었다. 롤러블 패드를 들고 있던 기술자나 유니폼을 입고 있던 여성 모두 보이지 않았다. 상진이는 망설임 없이 밖으로 나갔다. 복도에는 다른 방들이 있었는데 그중 한곳의 문이 살짝 열려 있었다. 거기에도 헬멧형 AR 기계를 머리에 쓴 채 안마의자형 기계에 앉아 있는 사람이 있었다. 그런데 마치 죽은 것처럼 축 늘어져 있었다.

"혹시."

끔찍한 생각이 떠올랐지만 차마 직접 확인해볼 용기는 나지 않았다. 상진이는 서둘러 AR방을 빠져나와서 집으로 향했다.

"야! 남상진!"

학교가 끝나고 교문을 나온 상진이는 뒤에서 들려오는 친구 동찬이의 목소리에 발걸음을 멈췄다. 고개를 돌리자 휴대용 오라클을 쓰고 있는 동찬이가 걸어오는 중이었다. 그걸 본 상진이가 혀를 찼다.

"그러다 자빠진다."

"증강현실로 얼마나 잘 보이는데!"

자신 있게 얘기하던 동찬이는 길에 세워진 작은 입간판을 보지 못해 부딪히고 말았다. 어이쿠 하는 소리와 함께 동찬이가 비틀거리는 걸 본 상진이는 가까이 다가가서 부축해주고는 오라클을 벗겨줬다. 그러자 동찬이는 갑자기 쏟아지는 빛에 못 이겨 눈을 깜빡거렸다. 상진이가 혀를 찼다.

"거봐. 이거 하나 제대로 못 보면서 뭘 하겠다는 거야?"

"야, 주변을 봐. 다들 쓰고 다니잖아! 네가 이상한 거라고."

동찬이의 말대로 사람들 중 상당수는 오라클이나 AR 기계를 머리에 쓴 채 거리를 걷고 있었다. 동찬이가 뒷머리를 긁적거리며 말했다.

"진짜 무슨 일이 있었던 거야?"

"뭐가?"

"하루에 스무 시간씩 게임하던 네가 갑자기 그만뒀잖아. 학교에서 애들이 뭐라는 줄 알아?"

"뭐라고 하는데?"

상진이의 물음에 동찬이가 어깨를 으쓱거렸다.

"게임 오래하다가 죽을 뻔해서 그렇다는데?"

"지랄한다."

코웃음을 친 상진이는 이전의 기억이 잠깐 떠올랐다. 서둘러 기억을 털어버리고 발걸음을 옮기자 동찬이가 따라왔다.

"야, 나랑 같이 새로 생긴 AR방 갈래?"

"맨날 집에서 하면서 거긴 또 왜 가는데?"

"새로 오픈한 데라서 대여료만 내면 게임을 마음대로 고를 수 있대. 거기다 최신형 오라클 M45도 들여다놨데."

"됐으니까 너나 실컷 해라."

"야, 그러지 말고, 친구 데려오면 할인도 해준다고 했단 말이야."

"난 게임 끊었어."

그날 이후, 상진이는 한 번도 게임에 접속하지 않았다. 혹시나 해서 다시 그 AR방에 가봤지만 온데간데없이 사라지고 흔적도 없었다. 그래서 누구에게도 자신이 겪었던 일을 털어놓을 수 없었다. 그래서 그냥 게임을 끊었다고 얼버무리곤 했다. 동찬이 역시 믿지 않는 눈치였다.

"가상현실 게임을 끊다니, 그게 말이 돼?"

동찬이의 반박에 상진이가 얼굴을 찌푸렸다.

"두통이 너무 심해졌어."

"머리가 아프다고?"

"응, 코피도 몇 번 쏟아서 병원에 갔더니 AR 기계 때문인 거 같다고 했어. 그런데 그날 저녁에 게임을 하다가 진짜 머리가 터질 것 같더라고."

"그래서 안 하게 된 거야?"

상진이는 동찬이의 물음에 고개를 끄덕거렸다.

"진짜 더 하면 큰일날 거 같더라. 그래서 게임기를 중고 거래로 팔았지."

"너, 진짜 독하다."

"처음에는 손발도 떨리고 초조하고 불안했어. 그걸 보더니 아빠가 옛날에 담배를 끊을 때 느꼈던 금단증상 같다고 말하더라."

"그거야 다들 겪는 거 아니야?"

동찬이의 말대로 장시간 오라클을 쓰고 게임을 하면 여러 가지 부작용이 있었다. 두통과 식욕 부진은 기본이었고, 구토를 하거나 의식을 잃는 경우도 많았다. 하지만 전 국민이 중독된 상태라서 다들 개의치 않았다.

"그래서 무시하고 게임을 했는데 진짜 죽을 정도로 머리가 아팠어."

"얼마나?"

동찬이의 물음에 상진이는 손가락으로 머리를 쑤시는 시늉을 했다.

"송곳으로 머리를 후비는 느낌?"

"우와, 진짜 아팠겠다."

얼굴을 찡그린 동찬이의 얘기에 상진이는 고개를 끄덕거렸다.

"거기다 게임까지 버그를 일으켜서 정말 죽을 뻔했어."

"무슨 게임을 했는데 그렇게 리얼했는데?"

동찬이가 부럽다는 표정으로 묻자 그때의 기억이 떠오른 상진이가 얼굴을 찌푸렸다.

"베타테스트 중인 게임이었어. 아무튼 나는 안 갈래."

단호하게 거절하는 상진이에게 동찬이가 오라클을 만지작거리며 말을 걸었다.

"어때?"

"뭐가?"

상진이의 반문에 동찬이가 조심스럽게 물었다.

"게임을 안 하는 느낌 말이야."

상진이는 동찬이가 들고 있던 오라클을 내려다보며 대답했다.

"즐거워. 족쇄가 풀린 느낌."

차분한 상진이의 말에 동찬이가 괜히 발끈해 코웃음을 쳤다.

"흥, 그런다고 네가 영원히 게임을 안 할 줄 알아? 두고 봐!"

동찬이는 다시 오라클을 머리에 쓰더니 뒤돌아 가버렸다. 그걸 본 상진이는 쓴웃음을 지으며 다시 발걸음을 옮겼다. 조심스럽지만 현실과의 만남을 좀더 길게 이어갈 생각이었다. 가방을 추스른 상진이는 사거리에서 잠시 고민했다.

"공원을 갈까? 아니면 하천을 따라 걸을까?"

쉽사리 결정을 내리지 못하고 있는데 눈앞에서 차가 지나갔다. 그런데 빠르게 지나가는 차가 좀 이상했다.

"뭐지?"

달리는 차의 측면이 약간 흐릿해진 것이다.

"눈이 안 좋아졌나?"

눈을 깜빡거리며 하늘을 올려다보는데 방금 전까지 하얀색이던 구름이 언제부터인가 보라색으로 변해 있었다.

"게임에서 봤던 하늘이랑 비슷하잖아."

짙은 보라색 구름을 보면서 잠시 당황했던 상진이는 뛰는 가슴을 진정시켰다. 게임 부작용이 아직 남아 있다고 생각했다. 아무래도 공원에서 산책을 하는 게 좋겠다고 생각하고 그쪽으로 발걸음을 옮기는 순간, 멀리서 살인마가 울부짖는 소리가 들렸다.

살이 찌면
낫는 병
조영주

"52킬로그램이라고! 말도 안 돼!"

측정기에 올라간 미나가 소리를 질렀다. 키는 167센티미터가 나왔는데도 몸무게가 많이 나간다고 난리였다.

뒤에 서 있던 현아는 그런 미나를 부러운 눈으로 바라보았다. 현아의 목표는 키 155센티미터, 몸무게 60킬로그램이다. 현아는 1킬로그램이라도 줄이기 위해 어제 종일 굶었다.

현아가 잔뜩 긴장해 측정기에 올라갔다.

"측정을 시작합니다."

이 기계는 키와 체중을 동시에 자동으로 측정한다.

천천히 머리 위로 바가 내려왔다 올라갔다. 현아는 살짝 발뒤꿈치를 들고 싶은 유혹을 가까스로 참았다. 대신 숨을 최대한 들이마신 후 배에 힘을 줬다.

"측정이 완료되었습니다."

현아는 휴우, 하고 숨을 내쉰 후 기계에서 내려와 측정 결과를 확인했다.

152센티미터, 63킬로그램.

현아는 측정기에 찍힌 숫자를 믿을 수 없었다. 152센티미터라니, 작년보다 고작 0.5센티미터밖에 안 자란 셈이다. 게다가 몸무게는 왜 이 모양인가. 어젯밤에 쟀을 때엔 62킬로그램이었다. 오늘 아침까지 굶었으니 60킬로그램은 될 줄 알았다. 그런데 왜 오히려 1킬로그램이 늘어난 건가.

'혹시 아까 물을 마셔서?'

역시 물만 마셔도 살이 찌는 체질이 있는 게 분명하다. 현아는 그게 자신이라는 강한 확신이 들었다.

"떡볶이 먹자! 속상해서 안 되겠어. 나 맵찔인데 매운 거 막 당김. 응? 응?"

눈앞이 캄캄한 현아에게 미나가 속없는 소리를 했다. 현아는 거절하고 싶었지만, 뱃속 사정이 달랐다. 어제 아무것도 안 먹은 탓에 계속 꼬르륵 소리가 났다. 현아는 힘없이 고개를 끄덕였다.

현아와 미나는 방과후 후문 바로 앞에 있는 단골 분식점으로 향했다. 둘은 김떡순에 어묵까지 풀코스로 시켰다. 그런데 미나가 떡볶이를 먹기 전 처음 보는 약상자를 꺼냈다. 약상자엔 하얀색 리본처럼 보이는 알약이 들어 있었다.

"그거 뭐야?"

"다이어트 약."

미나는 알약을 두 개 꺼내 바로 입에 넣고 물과 함께 삼켰다.

"그걸 먹고 떡볶이 먹으면 뭐가 달라?"

"살 안 찜."

"안 믿."

"진짜라니까? 한 알 줘?"

미나는 현아 손에 나비 모양 알약을 건넸다. 현아는 손바닥에 놓인 알약을 바라보았다. 하지만 당장 알약을 삼키지는 않았다. 그냥 호기심으로 받았을 뿐이다.

현아는 떡볶이가 나오자마자 허겁지겁 먹어치웠다. 미나는 몇 젓가락 뜨지 않고 금세 내려놓았다. 평소의 미나와 무척 다른 모습이었다. 현아는 그게 알약의 영향일까 궁금했지만 대놓고 묻지는 않았다.

집에 돌아온 현아는 떡볶이를 먹은 것을 후회했다. 저녁

메뉴는 치킨과 피자였다. 떡볶이에 저것까지 먹으면 얼마나 살이 찔지 두려웠다. 이때, 현아는 미나가 준 알약을 떠올렸다.

현아는 화장실에 간다는 핑계를 대고 방으로 들어갔다. 알약을 단번에 꿀꺽 삼키고 다시 거실로 나왔다.

평소 현아는 피자 한 판을 혼자 다 먹을 정도로 식성이 좋다. 그런데 이번엔 두 조각을 먹는 것조차 힘이 들었다. 세 번째 조각을 손에 들었을 때엔 속이 메스꺼웠다. 가슴이 두근거리고 열이 났다. 현아는 결국 피자 조각을 내려놓고 자리에서 일어났다. 바로 체중계에 올라가 몸무게부터 쟀다.

66.7킬로그램.

현아는 두 눈을 의심했다. 체중계에서 내려갔다가 다시 올라갔다.

67.1킬로그램.

오히려 더 늘었다. 현아는 아찔했다. 피자를 두 조각밖에 먹지 않았는데도 이 정도라니, 그렇다는 말은 떡볶이를 먹었을 때 이미 살이 쪘다는 이야기였다.

현아는 바로 체육복으로 갈아입고 집을 나섰다. 집 근처 초등학교 운동장에서 두 시간을 걸었다. 핸드폰을 살펴보니 걸음수가 무려 13,101보가 찍혀 있었다. 현아는 그 숫자를 보고 나서야 안심했다. 두근거리는 가슴도, 불안감도 나아졌다. 현아는 집으로 돌아와 바로 몸무게부터 쟀다.

62.5킬로그램.

단 두 시간의 운동으로 5킬로그램 가까이 살이 빠졌다. 아무리 생각해도 약의 덕을 본 듯했다.

현아는 약을 더 구하고 싶었다. 바로 미나에게 연락했다. 어디서 약을 구했냐고 문자를 보내자 병원에 가면 된다는 답이 돌아왔다. 병원에 가면 키와 몸무게는 물론 체지방까지 재는 복잡한 일을 해야 할 것 같았다. 그건 너무 창피했다. 또 가격도 비쌀 것 같았다. 이런 생각을 미나에게 말하자, 미나가 바로 대답해왔다.

그런 거 안 재는뎅 ㅋㅋ 이 주 치 만원인뎅 ㅋㅋㅋ

현아는 뜻밖의 저렴한 가격에 놀랐다. 그 정도라면 용돈으로 충분히 구입할 수 있었다.

다음날 방과후.

미나는 현아를 학교에서 버스로 십오 분 거리에 있는 메

디컬 빌딩으로 데려갔다. 10층 빌딩에는 각종 진료 과목이 모두 모여 있었다. 현아는 미나와 이중 어느 과에 가게 될지 궁금했다. 살이 찌는 건 먹어서 그런 거니까 소화기관과 관련돼 있을 테고, 그렇다면 역시 내과일까.

그런데 미나는 7층을 눌렀다.

성형외과.

현아가 알기로 성형외과는 살을 빼는 곳이 아니다. 성형외과는 말 그대로 '외과' 수술을 하는 곳일 텐데 왜 이런 곳을 가는 걸까. 고민하는 사이 엘리베이터가 7층에 멈췄다. 현아는 미나를 따라 성형외과 안으로 들어갔다.

접수처 앞 대기 의자엔 다양한 연령대의 사람들이 앉아 있었다. 현아 엄마 또래거나 그보다 더 윗세대, 교복을 입은 여학생이라든가 젊은 남성도 꽤 있었다.

현아는 긴장이 풀렸다. 성형외과라기에 긴장했는데 평범했다. 엄청나게 예쁜 사람도, 겉보기에 어딘가 다른 사람도 없었다.

미나는 익숙한 태도로 현아를 데리고 접수처로 갔다. "친구 약 타러요"라고 한마디 하자, 현아의 신상 확인 후 접수가 완료됐다.

얼마 후, 접수처에서 현아의 이름을 불렀다. 현아는 겁이 나서 미나에게 함께 들어가자고 말했다. 미나는 현아와 함께 1번 진료실로 들어갔다.

현아 엄마 또래로 보이는 의사가 미나를 반갑게 맞았다.

"최미나 친구? 키랑 몸무게?"

현아는 미나 앞에서 몸무게를 말하기가 창피했다. 좀처럼 대답하지 못하자, 의사가 현아를 아래위로 훑더니 말했다.

"150센티미터에 65킬로그램?"

"아, 아니거든요! 152에 62.5킬로그램이에요!"

"쪘네. 너무 쪘어. 부모님이 여기 온 거 아시지?"

현아는 뜻밖의 질문에 당황했다.

"네, 아시죠. 허락받고 왔어요."

미나가 대신 말했다.

"그래. 이 주 치 처방전 줄 거야. 그거 먹고 안 되면 주사 생각해봐."

"주사요?"

"살 빼는 주사. 요즘 5+1 이벤트 하거든."

오 분도 채 걸리지 않는 짧은 시간이었다. 진료실에서 나온 현아는 바로 접수처 직원에게 처방전과 함께 A4 종이 한

장을 받았다.◆

1층 약국에 들러 약사에게 처방전을 전달한 후 약을 기다리는 사이, 현아는 A4 종이를 살펴보았다. 종이에는 현재 병원에서 진행 중인 각종 이벤트가 적혀 있었다. 눈 수술, 코 수술, 입술 수술, 살 빼는 주사…. 이중 현아는 특히 살 빼는 주사에 관심이 갔다. 살 빼는 주사는 한 번 맞는데 13만원, 5+1 이벤트 중이니까 65만원이면 여섯 번을 맞을 수 있다.

약사는 약 봉투에 붉은색 연필로 체크까지 하며 반드시 하루 한 번 아침 식전에 한 봉지씩 먹으라고 주의를 줬다. 약국을 나오면서 현아는 어제 미나가 분식점에서 떡볶이를 먹기 전 약을 먹었던 일을 떠올리고는 하루에 여러 번 먹어도 되느냐고 물었다.

"원래는 아침에 한 번만 먹는데 어제는 좀 급했잖아. 한두 번은 그래도 되지 않을까?"

현아는 미나의 말이 일리가 있다고 생각했다.

◆ 실제 병원에서는 이런 무분별한 방식으로 다이어트 약을 처방하지 않습니다. 특히 16세 이하 청소년에게는 불가능합니다. 그런데도 이렇게 적은 이유는, 소설에서 미성년자가 다이어트 약을 구입하는 루트를 적었다가 악용하는 사례가 나올까봐 걱정한 까닭입니다. 이에 설명을 주석으로 밝힙니다.

집에 돌아와보니 엄마가 돈가스를 준비해놓았다. 평소 현아는 돈가스를 먹을 때면 늘 양이 부족했다. 이날은 달랐다. 다이어트를 시작하기로 마음먹었으니 달라져야 할 것 같았다. 현아는 평소 양의 반만 먹고 포크를 내려놓았다.

"오늘부터 다이어트임."

"돼지, 또 작심삼일!"

오빠는 현아가 살이 찐 후 늘 돼지라고 불렀다.

"그럼 나랑 내기할 거? 나 다이어트 성공하면 어쩔?"

"성공의 기준이 뭔데?"

"52킬로그램."

현아의 목표는 미나와 몸무게가 같아지는 것이었다. 바로 엄마와 오빠가 웃었다.

"네가 52킬로그램이 되면 내가 손에 장을 지진다."

현아는 오빠의 말에 더 울컥했다.

"그런 추상적인 거 말고, 제대로 내기를 하자고. 이 주 안에 52킬로그램이 되면 13만원?"

"뭐냐, 그 어정쩡한 숫자는?"

오빠는 현아의 말에 다시 한번 웃더니 말했다.

"알았음, 돼지. 대신 열흘 안에 빼야 함."

"엄마는?"

"열흘 안에 52킬로그램이 되면 소원 하나 들어줄게."

"정말? 아무거나?"

"우리 딸이 예뻐진다는데 뭔들 못해줄까. 넌 엄마 닮아서 살만 빼면 미녀야."

엄마는 싱글벙글했다.

"돼지는 아빠 닮았거든?"

오빠가 어이없다는 듯 말했지만 현아의 귀에는 이미 들리지 않았다. 현아의 머릿속엔 반드시 내기에서 이기겠다는 생각만 가득했다.

다이어트 일 일 후

현아는 일어나자마자 비장한 표정으로 약 봉투를 열었다. 그런데 약봉지 안의 알약의 개수가 이상했다. 일전에 미나가 준 나비 모양의 알약 외에 하나가 더 들어 있었다. 현아는 약 봉투의 설명을 확인했다. 다른 알약은 항우울제라는 설명이 적혀 있었다. 현아는 이상하다고 생각하긴 했지만 의사가 처방한 거니까 별문제가 없겠거니 싶었다.

두 종류의 알약을 모두 먹고 방에서 나오니 아침이 차려져 있었다. 아침을 먹으려고 수저를 들자 속이 메스꺼운 느낌과 두근거림이 시작됐다. 현아는 밥을 반 그릇이나 남기고 자리에서 일어났다. 그런 현아의 등뒤에서 오빠가 히죽거리며 "돼지가 용쓴다" 놀렸지만 무시했다.

예감이 좋았다. 이번에야말로 다이어트를 성공할 것 같다는 기대감이 들었다. 현아는 걸어서 등교하기로 했다. 학교까지 버스로는 오 분이지만 걸으면 삼십 분이 걸렸다. 평소 현아는 무조건 버스를 탔다. 걷는 게 귀찮았기 때문이다. 하지만 이날은 달랐다. 약효가 돌 때 조금이라도 더 움직이는 게 중요할 것 같았다.

가볍게 걸은 덕분인지 현아는 기분 좋게 하루를 시작할 수 있었다. 수업에 집중도 훨씬 잘됐고, 점심도 맛있게 싹싹 비웠다. 그래도 살찔까봐 걱정되지는 않았다.

방과후, 다시 현아와 미나는 단골 분식점에 들렀다. 현아는 떡볶이를 먹으며 미나에게 가족과 내기한 일을 이야기했다.

"근데 왜 13만원이야?

"주사 맞게."

현아가 양념을 잘 묻힌 떡을 하나 더 포크로 찍으며 말했다.

"살 빼는 주사, 한 방에 13만원이라기에."

"대박. 엄마 소원도 그거?"

"아냐. 주사는 그냥 궁금해서 맞아보려고 하는 거. 엄마한테는 아이패드 사달라고 할 거."

현아는 의기양양했다. 처음 약을 복용했을 때 피자를 먹고도 5킬로그램이 빠졌으니 10킬로그램쯤 별것 아닐 것 같았다.

집에 돌아온 현아는 체중계부터 올랐다.

62.5킬로그램.

몸무게는 변함이 없었지만 현아는 자신만만했다. 떡볶이를 먹고도 그대로라는 건 살이 빠진 것과 다르지 않다는 생각이 들었다. 현아는 저녁도 평소 먹는 양의 절반 정도만 먹고 운동을 하러 나갔다.

다이어트 삼 일 후

60.2킬로그램.

현아는 우쭐했다. 며칠 사이 단숨에 7킬로그램이 줄었다. 물론 굶었다가 폭식해서 갑자기 늘었던 체중이 빠진 것이긴

하지만 현아에겐 대단한 일이었다.

주변의 시선도 변했다. 반 친구들이 자꾸 "혹시 키 컸어?" "살 빠졌어?"라고 물었다. 현아는 싱글벙글했다. 이렇게 쉽게 효과를 볼 수 있다니, 진작 약을 먹을 걸 그랬다고 생각할 정도였다.

다이어트 오 일 후

아침에 눈을 뜬 현아는 체중계부터 올라갔다. 그랬다가 크게 충격을 받았다.

60.1킬로그램.

지난 오 일간, 현아는 등하교할 때마다 버스 대신 걷기를 선택했으며 밤에는 속도를 내어 두 시간 동안 걷기를 반복했다. 그런데도 고작 0.1킬로그램밖에 줄지 않았다.

거울 속 모습은 예전보다 훨씬 날씬해졌다. 통통하던 얼굴 살도, 몸의 라인도 눈에 띄게 달라졌다. 그런데 왜 몸무게의 변화가 없는 건지 이해가 되지 않았다.

답답한 마음에 현아는 미나에게 의견을 물었다.

"근육이 붙은 거네. 원래 다이어트하면 체지방이 빠지고,

운동하는 만큼 근육이 붙어. 제대로 다이어트 되고 있다는 뜻. 축하해. 계속 그렇게 하면 나중에 살 빠지고 나서도 요요 안 온다더라."

살이 빠지는 건 좋다. 요요 현상이 오지 않은 것도 기쁘다. 하지만 현아는 가족과 내기를 했다. 열흘 안에 52킬로그램 되기. 달성하지 못하면 오빠가 돼지라고 놀릴 게 빤했다. 엄마 역시 그럼 그렇지, 하는 표정을 지을 것 같았다.

이날, 현아는 급식을 걸렀다. 집에 걸어 돌아와 체중계부터 올라갔다.

59.8킬로그램.

현아는 너무 기쁜 나머지 비명이라도 지르고 싶은 기분이었다. 더불어 깨달았다. 근육량이 늘어나지 않으려면 아예 굶어야 한다는 사실을.

현아는 저녁도 굶었다. 뱃속에서 밥을 달라고 난리가 났지만 무시하고 운동장을 돌았다. 체중을 쟀다.

59.2킬로그램.

현아는 기뻐하며 일찌감치 잠을 청했다. 배가 너무 고파 쉽사리 잠이 오지 않았지만 그래도 참았다.

다이어트 육 일 후

현아는 일어나자마자 약부터 먹은 후 체중을 쟀다.

59.1킬로그램.

자는 것만으로 0.1킬로그램을 감량했다!

아침까지 거르자 이로써 하루 세끼를 완벽하게 굶은 셈이 됐다. 물론, 학교까지 걸어갔다. 가슴이 두근거리고 속이 메스꺼웠다. 기분이 나쁘고 왠지 불안해져 점점 빠르게 걷다가 중간부터는 뛰다시피 했다.

학교에 도착했을 때엔 집에서 나온 지 십오 분밖에 지나지 않은 상태였다. 그런데도 불안감은 가시지 않았다.

현아는 체육복으로 갈아입고 다시 교실 밖으로 나갔다. 수업이 시작되기 전, 조금 더 뛸 셈이었다.

운동장을 뛰고 나니 기분이 훨씬 나아졌다. 문제는 얼마 안 가 시작된 허기였다. 오전 열한시가 채 되지 않았는데 배에서 꼬르륵 소리가 났다. 마음 같아선 간식을 사 먹고 싶었지만, 그랬다가 운동한 게 제도루묵이가 될까봐 불안했다.

이때, 현아의 머릿속에 떠오른 건 약이었다. 미나는 급할 때엔 한두 알쯤 더 먹어도 될 거라고 말했다. 현아 생각에 지금이 바로 그때인 것 같았다.

현아는 약을 한 봉지 더 먹었다. 얼마 지나지 않아 허기가 사라졌다. 대신 다시 가슴이 두근거리고 속이 메스꺼웠다. 불안해졌다. 더 걷고 싶었다.

어떻게 수업 시간을 버텼는지 몰랐다. 점심시간이 되어 친구들은 급식을 먹었지만 현아는 운동장으로 나갔다.

점심시간 내내 빈속으로 걷고 나서야 현아는 만족할 수 있었다. 이걸로 살은 찌지 않았을 거라고, 아니 분명 빠졌을 거라고 생각하니 행복하기까지 했다. 그런 현아가 집에 돌아와 가장 먼저 한 일은 물론 체중계에 올라가는 것이었다.

57.8킬로그램.

효과가 있다! 이 정도면 조금은 먹어도 될 것 같았다. 냉장고를 열었다. 우유가 있기에 단번에 마셨다. 허기가 좀 가라앉는 것 같았다. 식욕이 돌아왔다. 연이어 냉동실을 열었다가 아이스크림을 발견했다. 지난밤 아빠가 사 온 것이었다. 현아는 아주 조금 맛만 볼 생각으로 아이스크림 통을 꺼냈다. 그러다 문득 정신을 차려보니 어느새 한 통이 다 비어 있었다. 현아는 자리에서 벌떡 일어났다. 그대로 달려가 몸무게를 쟀다.

58.8킬로그램.

1킬로그램 늘었다.

현아는 비명을 질렀다. 이대로 나가서 또 뛸지, 아니면 약을 더 먹을지 혼란스러워하던 참에 갑자기 속이 울렁거렸다. 토할 것 같았다. 화장실로 달려갔다. 변기를 부여잡고 방금 전 먹은 것을 모두 게워냈다.

화장실을 나오는데 다리가 후들거렸다. 방에 돌아가 쉬고 싶었지만 그보다 먼저 해야 할 일이 있었다.

체중계에 올라야 했다.

다이어트 십 일 후

열흘간의 다이어트 결과, 현아는 56킬로그램을 달성하는 데 그쳤다. 결과적으로 실패였지만, 가족의 평가는 긍정적이었다. 오빠는 입에서 '돼지'를 뗐다.

"이제 돼지는 아니네."

엄마 역시 비슷한 반응이었다. 아이패드까지는 아니지만 저렴한 가격의 태블릿을 사주겠다고 약속했다. 하지만 현아는 엄마에게 태블릿 대신 용돈을 요구했다.

"엄마, 나 용돈 인상해줘. 그럼 더 열심히 운동할게."

엄마는 바로 그러겠다고 했다.

현아는 속으로 무척 기뻤다. 마지막에 스퍼트를 내느라 남은 알약을 한꺼번에 먹는 바람에 당장 오늘 아침 몫이 없었다. 현아는 불안했다. 가까스로 빠진 몸무게가 도로아미타불이 될까봐, 어서 알약을 먹고 운동을 하고 싶었다.

다이어트 사십 일 후

이제 몸무게는 45.8킬로그램이다. 목표였던 52킬로그램을 달성한 지 오래다. 하지만 현아는 다이어트를 멈출 수 없었다. 다이어트를 그만뒀다가 본래의 모습으로 돌아갈까봐 두려웠다.

현아는 간헐적 단식으로 방식을 바꿨다. 저녁을 굶고 다음날 아침이 될 때까지 아무것도 먹지 않았다. 자꾸 굶다가 요요가 올까봐 무서웠다. 물론 그러는 도중 몸무게가 조금이라도 늘어나면 다시 굶었다. 이전보다 몸무게가 줄어들 때까지 운동량을 늘렸다.

아침에 학교에 가면 수업이 시작하기 전까지 한 시간 반,

또 집에 돌아가서 두 시간, 하루 두 번씩 지칠 때까지 걷는 건 이제 기본, 잠자기 전 침대에서 윗몸일으키기도 시작했다. 예전에 현아는 윗몸일으키기 20개에도 숨을 헐떡거렸지만 최근에는 단숨에 100개도 가능했다.

팔과 다리 운동도 추가했다. 최근 거울에 비친 맨몸을 봤다가 크게 충격을 받았다. 이제 정상 몸매가 됐다고 생각했다. 그런데 거울에 비친 모습을 보니 여전히 뱃살과 팔다리 살이 지나치게 많아 보였다. 이 부위의 살을 빼지 못한다면 언제든 다시 '돼지'라 불려도 이상하지 않을 것 같았다.

이제 현아는 아침에 일어나면 가장 먼저 모래주머니 밴드를 팔뚝과 허벅지에 찼다. 수업 시간에도 최대한 팔과 다리를 움직였다. 처음에는 그러다가 짝꿍이나 앞자리 친구를 팔이나 다리로 친 적도 있었지만, 요령이 생기자 그런 일도 사라졌다.

이 운동엔 체중 감량 말고도 좋은 점이 있었다. 최근 현아는 자꾸 수업 시간에 졸았다. 하지만 팔과 다리 운동을 시작하니 규칙적인 리듬이 생긴 덕분인지 졸지 않을 수 있었다. 수업도 훨씬 즐거워져 현아는 만족했다.

다이어트 사십칠 일 후

체육 시간 전, 옷을 갈아입을 때의 일이다. 미나가 현아의 몸을 보고는 갑자기 체육복 상의를 잡았다. 밑단을 살짝 올리더니 등을 보고 놀라 물었다.

"조현아, 너 이거 뭐야."

"어? 뭐가?"

"등에 멍들었어!"

현아는 미나가 무슨 소리를 하나 싶었다.

"너 설마 부모님한테 맞았어?"

"헐. 내가 왜?"

현아는 미나의 말에 어이가 없어 웃었다. 하지만 미나의 말이 신경이 쓰이긴 해서 화장실에 가서 체육복을 걷어올리고 등을 확인했다. 척추뼈가 드러난 등 위쪽으로 커다란 멍이 나 있었다. 현아는 이런 게 언제부터 있었나 의아했다. 하지만 별것 아니겠거니 하고 무시했다.

그보다 신경이 쓰이는 건 몸무게였다. 45.9킬로그램이라니. 그렇게 운동을 하고 간헐적 단식을 했는데도 0.1킬로그램이나 늘었다. 유튜브를 찾아보니 다이어트를 오래할수록 몸무게 감량 속도가 줄어든다는 이야기가 있었다. 그래도 현아는 이게 요요의 시작일까 두려웠다.

현아는 좀더 마르고 싶었다, 단 한 점의 살도 느껴지지 않도록, 결코 살이 찌지 않을 거라는 확신이 들어 더는 다이어트를 하지 않아도 된다고 안심할 수 있는 수준으로 몸무게를 줄이고 싶었다.

결국 현아는 먹는 양을 더욱 줄이기로 마음먹었다. 이제 현아는 아침에 우유 한 잔, 점심엔 급식을 반만 먹은 후 저녁을 굶기로 마음먹었다.

다이어트 칠십칠 일 후

오늘도 현아는 가장 먼저 등교했다. 운동장을 돌기 위해서였다.

"오늘도 파이팅이다, 조현아!"

선도 선생님은 현아를 반갑게 맞았다.

요즘 현아는 선생님들 사이에서 칭찬이 자자했다. 누구보다 일찍 등교하고 수업 집중도도 높았으며 최근에는 운동에도 열심이기 때문이었다.

선도 선생님은 이제 곧 현아가 운동장을 돌려 나올 것을 알았다. 그는 지각하는 아이들에게 그런 현아를 본받으라고 잔소리하곤 했다.

정문을 지날 때 현아가 무언가 떨어뜨렸다. 선도 선생님은 다가가 땅에 떨어진 물건을 주웠다. 남자인 선도 선생님 자신이 손목에 차면 적당할 사이즈의 모래주머니 밴드였다. 현아처럼 마른 애가 쓸 법한 운동 도구가 아니었다.

선도 선생님이 건물 현관으로 향하던 현아를 불러 세웠다.

"현아야, 이런 게 떨어졌구나."

현아는 모래주머니 밴드를 보더니 약간 당황한 표정을 지은 후 다가왔다.

"감사합니다."

"그런데 이건 어디에 쓰는 거니?"

선도 선생님은 현아에게 모래주머니 밴드를 건네며, 순수한 호기심으로 물었다.

"걷기 운동용이에요. 아침에 집에서 나올 때 이걸로 허벅지를 조이고 나오거든요."

현아는 활짝 웃으며 말했다.

선도 선생님은 현아의 말이 잘 이해가 되지 않았다. 헐거

우니 몸에서 분리되었으리라. 그런데 이게 허벅지에 들어간다? 게다가 허벅지에서 떨어졌다는 건 그만큼 다리가 가늘다는 말이 아닌가. 아니 뭣보다, 그렇게 말라서 왜 운동을 한단 말인가?

선도 선생님이 의문과 걱정에 빠져 있는 사이, 현아는 체육복으로 갈아입고 다시 운동장으로 나왔다. 뭔가에 홀린 사람처럼 심각한 표정으로 한 시간 넘게 운동장을 돌았다.

도중에 현아는 몇 번이고 제자리에 멈춰 섰다. 선도 선생님은 처음엔 왜 그러는지 알 수 없었으나 현아가 세 번째 멈춰 서자 눈치챌 수 있었다.

모래주머니가 자꾸 바닥에 떨어졌다. 현아는 그런 모래주머니를 고정하기 위해 멈춰 서는 것이었다. 현아는 입을 앙다물고 모래주머니를 체육복 위로 고정했다. 그러고 빠르게 걷다가 모래주머니가 떨어지면 다시 몸을 숙여 고정하고, 그런 일을 계속 반복했다. 선도 선생님이 힐끗 볼 때마다 발견한 횟수만 열 번이 넘었다.

선도 선생님은 다시 한번 현아가 했던 말을 떠올리고 상상해보았다. 집에서 나서기 전, 온 힘을 다해 가는 다리에 모래주머니를 고정하는 현아의 얼굴을, 뭔가에 홀린 듯 집념 어린 표정을. 길을 가다가 모래주머니가 떨어지면 몇 번이고 다시 매고 걸어 등교하는 모습을.

대체 현아는 몇 시에 일어나 학교에 오는 걸까. 잠은 잘 자는 걸까.

선도 선생님은 갑자기 온몸에 냉기를 느꼈다. 날이 추워서가 아니라, 상상 속 현아의 얼굴이 너무 무서운 탓이었다.

선도 선생님은 현아의 담임 선생님을 찾아 아침에 있었던 일을 전했다.

담임 선생님은 30대 여자였다. 담임 선생님은 최근 안 그래도 현아가 지나치다 싶을 정도로 수척해졌다고 느끼고 있었다. 하지만 성적은 오히려 오르고 있어 괜찮지 않을까 생각했다가, 모래주머니 밴드 이야기를 듣자 안색이 달라졌다.

담임 선생님은 현아를 데리고 보건실로 갔다. 마찬가지로 30대 여자인 보건 선생님 입회하에 키와 몸무게를 쟀다.

153.5센티미터, 40.2킬로그램.

아무리 생각해도 비정상적인 몸무게였다. 대체 무어라고 말해야 할지 난감해하는 사이, 현아가 말했다.

"0.5킬로그램 쪘어…."

현아는 심하게 우울해 보였다.

담임 선생님은 현아의 말이 이상하다고 생각했다. 현아에게 겉옷과 치마를 걷어올리라고 한 후, 몸 상태를 살폈다가 몸무게를 보았을 때보다 더 크게 놀랐다.

척추뼈가 다 드러나 있었다. 갈비뼈는 물론이고, 골반뼈 역시 툭 튀어나와 있었다. 하지만 가장 충격적인 건 앙상한 양팔과 양다리에 매단 모래주머니 밴드였다. 담임 선생님은 현아에게서 모래주머니 밴드를 뺀 후 다시 체중계에 오르게 했다.

35.5킬로그램.

결코 정상이 아니었다. 이 정도로 줄어들었다니 현아에게 무슨 일이 있는 게 틀림없었다.

"선생님, 여기, 여기 좀 보세요."

보건 선생님이 허둥지둥하며 현아의 등을 가리켰다. 담임 선생님은 왜 그러나 싶어 현아의 등을 바라보았다가 보건 선생님만큼 당황했다.

등 전체를 뒤덮을 만큼 큰 멍이 있었다. 게다가 한두 번이 아니라 몇 번이고 반복되어 생긴 듯 등은 시퍼렇다못해 누런 색을 띠고 있었다.

담임 선생님은 가정폭력을 의심했다. 어쩌면 집에서 현아에게 극단적인 다이어트를 시키는지도 모르겠다고, 살이 찌면 때리거나 하는 건 아닐까 염려했다. 그렇다면 이런 멍자국뿐만 아니라 분명 다른 폭력의 증거도 있을 것 같았다.

담임 선생님은 현아의 소지품을 검사했다. 바로 수상한 약 봉투를 발견했다. 얼핏 보아 열 봉은 넘는 약봉지 안에는 낯익은 형태의 알약이 들어 있었다. 최근 시사 고발 프로그램에서 본 적이 있었다. 모양이 나비 같다고 해서 '나비약'으로 통하는 다이어트 약이었다. 현아처럼 마른 사람이 먹어서는 안 되는 약이었다. 게다가 함께 들어 있는 건 항우울제였다.

담임 선생님은 현아가 어떤 연유로 가정폭력을 당해 극단적인 다이어트를 하게 되었다고 여기고 현아의 집으로 전화를 했다. 엄마에게 최대한 정중한 목소리로 당장 학교에 와줄 것을 요청했다.

엄마는 현아에게 무슨 사고라도 났나 전전긍긍하며 바로 학교로 왔다. 담임 선생님은 지금 현아가 보건실에 있다며, 엄마에게 일대일 면담을 요청했다.

"현아 소지품에서 이런 게 나왔습니다."

선생님은 엄마에게 소지품에서 발견한 나비약을 보여주었다. 엄마가 이게 뭔가 하는 표정으로 바라보자, 선생님은 아주 조심스럽게 현아의 몸무게와 등에 있던 멍자국을 이야기하며 가정폭력의 가능성을 물었다.

엄마는 담임 선생님이 처음 현아의 몸무게를 봤을 때처럼 할말을 잃었다. 이런 엄마에게 담임 선생님은 연달아 말했다.

"솔직하게 말씀해주시길 부탁드립니다. 원래 가해자는 자신이 가해자란 사실을 모르는 법이니깐요."

엄마는 혼란스러웠다. 현아의 소지품에서 다이어트 약이 나온 데다 커다란 멍자국이 발견되었다니, 게다가 몸무게가 30킬로그램대라니 지금의 상황을 단번에 이해할 수 없었다.

현아는 학교까지 온 엄마와 담임 선생님에게 사실대로 말할 수밖에 없었다. 병원에서 약을 처방해줬다는 말을 듣자마자 담임 선생님과 엄마 표정이 달라졌다. 두 사람은 당장 경찰을 대동하고 성형외과로 쳐들어갔다.

엄마는 병원 로비에 약봉지를 다 뜯어 던져버렸다. 미성년자에게 다이어트 약을 처방하다니 제정신이냐며 병원에서 고함을 지르고 화를 내는 바람에, 함께 온 경찰이 엄마를 데리고 병원 밖으로 나가야 했다.

엄마는 현아를 데리고 집에 돌아오자마자 냉장고에 있는 음식을 보이는 대로 모두 다 꺼냈다.

"먹어."

현아는 잠자코 다 먹었다. 중간부터 자꾸 배가 아팠다.

"나 배 아픈데 그만 먹으면 안 돼?"

"안 돼. 하나도 빠짐없이 먹어."

현아는 억지로 밥을 먹었다. 복통에 이어 이번엔 구역질까지 쏠렸지만 꾹 참았다.

다 먹고 방으로 돌아가니 복통이 더 심해졌다. 최근 들어 약을 먹지 않아도 음식을 먹으면 구역질이 났다. 조금만 먹어도 배가 아팠다. 현아는 이게 바로 위가 줄어들었다는 신호인 것 같아 기뻤다.

현아는 일단 침대에 엎드렸다. 엎드려 있으면 복통이 좀 누그러지는 듯했다. 하지만 정작 통증이 사라지자 불안해졌다. 이대로 복통이 나으면 소화가 된다는 뜻이다. 그럼 살이 찌리라.

현아는 바로 윗몸일으키기를 시작했다. 평소 200개를 했지만 이날은 밥을 두 배로 먹었으니 400개는 해야 할 것 같았다. 운동하는 중간중간 등이며 가슴에 통증이 왔다. 운동을 많이 하는 날은 늘 이랬다. 현아는 기뻤다. 그만큼 운동의 효과가 있다는 뜻이니까.

이날 밤, 현아의 집에선 갈비찜을 둘러싸고 가족회의가 열렸다. 물론 주제는 현아의 지나친 다이어트였다. 가장 먼저 오빠가 나섰다.

"너 살 안 빼도 되거든?"

"돼지라며?"

"그건 옛날이야기지! 너 지금은 하나도 안 뚱뚱하거든!"

"다시 살찌면 또 돼지라고 놀릴 거잖아!"

오빠는 대답하지 못했다. 동생을 돼지라고 놀렸던 날들이 떠올랐기 때문이다.

대신 엄마가 나섰다. 엄마는 현아의 흰쌀밥 위에 돼지갈비 한 점을 올려주며 다정하게 말했다.

"너 딱 예뻐. 많이 먹어, 응?"

"이 몸무게 유지하려고 하는 거야."

"유지를 하려면 밥을 먹어야지. 안 먹으면 빠지지. 무슨 소리니."

"엄마가 잘 몰라서 하는 소린데, 내가 안 먹으니까 유지가 되는 거야. 조금만 먹으면 다시 쪄버린다고. 엄마도 나 살찐

거 싫잖아. 안 그래?"

엄마 역시 이 말에 대답할 수 없었다. 그 대신 화를 냈다.

"이 계집애가 근데 엄마 말 안 듣고! 너 일단 먹어! 안 먹어? 이게 그냥!"

현아는 엄마의 윽박에 일단 갈비와 밥을 한 숟갈 삼켰다. 머릿속으로는 이걸 먹고 얼마나 운동해야 하나, 아니면 토를 해버릴까 고민만 반복했다.

현아가 영 내키지 않는 표정으로 밥을 먹자 아빠가 말했다.

"먹기 싫으면 억지로 먹지 마. 그러다 체해."

"쟤 얼굴 보고 말해. 팔 좀 봐. 얼마나 말랐나 보라고."

"왜 나한테 짜증이야?"

"지금 내가 짜증 안 나게 생겼어? 애당초 당신 체질이 문제라고. 대체 왜 그렇게 살이 쪄서 애를 저 모양 저 꼴을 만드는데?"

"거기서 우리집 체질 이야기가 왜 나와? 내가 뭐 어때서?"

현아는 부모의 싸움을 귓등으로 흘리고 있었다. 지금 현아가 신경을 쓰는 것은 단 하나, 이 순간에도 오르고 있을 체중이었다. 부모의 언성이 높아질수록 현아는 점점 속이 안 좋아졌다. 왠지 자꾸 어지럽고 속이 메슥거렸다.

거의 동시에 속에 있던 게 다 튀어나왔다. 엄마와 아빠가 놀라 말싸움을 멈췄다. 오빠는 놀라 벌떡 일어나기까지 했다.

다음 순간, 현아가 자신의 토사물에 얼굴을 박고 쓰러졌다.

놀란 부모가 현아를 일단 바닥에 눕혔다. 뺨을 때려봤지만 현아는 정신을 차리지 못했다.

"토사물이 목에 걸린 거 아냐!"

오빠가 흥분해 소리쳤다.

"유튜브에서 봤어! 토사물이 걸려 죽기도 한대!"

"안 돼! 우리 딸!"

엄마는 흥분해 행주로 현아의 얼굴을 닦았다. 그사이 아빠는 119를 눌렀다가 "응급차보다 당신 차가 빨라!"라는 엄마의 말에 현아를 업고 뛰었다.

단 십 분 만에 응급실에 도착했다. 응급실 당직 의사는 현아 부모의 횡설수설을 들으며 현아의 의식을 확인했다.

얼마 안 가 현아가 깨어났다. 의사는 현아에게 쓰러질 당시의 상황과 평소 생활 습관, 몸 상태 등을 자세하게 묻더니 부모에게 말했다.

"현아 양은 SMA 증후군으로 보입니다."

다이어트 칠십팔 일 후

현아는 입원했다. SMA 증후군에 걸렸는지 여부를 확인하기 위해서였다. 현아는 내시경 검사에 이어 CT 촬영을 했다. 그 결과, 응급의 말대로 SMA 증후군을 진단받았다.

"상장간막동맥 증후군이라는 겁니다. 동맥이 십이지장을 심하게 압박하면서 걸리는 병이죠. 현아 학생의 경우 다이어트를 무리해서 한 탓에 이 병에 걸렸을 가능성이 높아 보이네요."

내과 의사는 진료실에서 검사 결과를 알려줬다.

"한마디로 말하자면, 살이 찌면 낫는 병이에요."

"살이 찌면 낫는다고요? 그게 무슨?"

어리둥절해하는 부모에게, 의사는 컴퓨터의 화면을 돌려 인체 해부도를 띄운 후 설명을 시작했다.

"음식을 먹으면 식도를 타고 위로 내려갑니다. 그 아래가 십이지장인데요, 상장간막동맥은 바로 이런 십이지장을 둘러싼 혈관이에요."

의사는 상장간막동맥이 십이지장을 둘러싼 사진을 보여주었다.

"일반적인 사람은 말입니다, 이 상장간막동맥과 십이지장 사이에 내장 지방이 있어 십이지장을 보호해줍니다. 그런데 살이 많이 빠지면 내장 지방이 줄어들면서 동맥에 의해 십이지장이 눌립니다. 그 탓에 위에서 나온 음식물이 십이지장을 지나기 힘들어져서 복통이 오는 겁니다. 현아 양은 밥을 먹고 엎드려 있는 게 편하다고 했는데, 그것 역시 십이지장이 눌려 나타나는 증상입니다."

"그럼 일단 많이 먹음 되는 거죠?"

"그렇게 쉬운 일이 아닙니다. 이 병에 걸린 환자는 음식을 섭취하는 것 자체가 곤욕이거든요. 아주 조금씩 먹으면서 살을 찌워가도록 노력해야 할 겁니다. 그 일 때문에 부모님과 따로 상의 드릴 이야기가 있는데 시간 좀 내주시겠습니까?"

부모는 현아를 병실에 바래다준 후, 다시 진료실로 향했다.

현아는 이 틈을 놓칠 수 없었다. 수액을 맞았다. 병원식도 먹었다. 이걸로 또 살이 쪘으리라. 현아는 양손을 가슴 위로 모은 후 윗몸일으키기를 시작했다. 언제 의사와 부모가 돌아올지 알 수 없었다. 그전에 할 수 있는 한 많은 윗몸일으키기를 해야 했다.

윗몸일으키기 100개를 채웠을 때 기분 좋은 통증이 왔다.

살이 빠진다는 느낌에 현아는 흥분했다. 120개를 넘어갈 때 복부 통증이 왔다. 그래도 현아는 참았다. 하지만 150개를 넘길 때의 복통은 인내의 수준을 넘어섰다. 말 그대로 뼈가 부러지는 듯한 느낌이 들었다.

현아는 비명을 지르며 덜덜 떨었다. 얼마 안 가 의사와 부모, 간호사들이 뛰어왔다. 현아의 상태를 보고 다들 놀라 억지로 눕혔다. 의사가 안정제를 놓았다.

현아는 서서히 정신을 놓으면서도 머릿속으로는 단 하나만 생각했다. 지금 이 순간, 몸에 들어간 안정제로 얼마나 더 살이 쪘을까.

의사는 현아의 가슴 엑스레이 사진을 찍으라고 지시한 후, 부모에게 현아의 상태를 설명했다.

"아까 보셨지만 현아 양 운동 말입니다."

의사가 화면에 다른 사진 한 장을 띄웠다. 현아의 등 사진이었다.

"이 사진 보시면, 등에 멍자국 있죠? 이거 왜 생긴 줄 아세요?"

"때린 거 아니에요."

엄마가 급히 말했다.

"안 그래도 그 멍자국 때문에 학교에 불려가기까지 했어요."

엄마는 그 일을 떠올리면 진절머리가 난다는 듯 말했다.

"네, 부모님 탓이 아닙니다. 이건 운동을 한 탓에 생긴 멍들입니다."

"운동을 너무 많이 해서 생긴 멍이라고요? 그런 건 운동선수에게나 생기는 일 아닙니까?"

아빠가 놀라 물었다.

"너무 말라서 근육이 운동량을 감당할 수 없을 경우 이런 현상이 일어납니다. 지금 현아 양 같은 경우엔 가슴 쪽 통증이 심한데 뼈에 금이 갔을 가능성이 있습니다."

"뼈에 금이 가다니요?"

"운동을 심하게 해서 그런 겁니다. 저 정도로 저체중이 되면 골다공증이 와서 뼈가 쉽게 부러지거든요. 어떤 환자들은 아예 걷지도 못해서 휠체어를 타고 다녀야 하기도 해요."

"우리 현아는 그 정도는 아니지요?"

"글쎄요. 일단 엑스레이 결과를 갖고 정형외과 소견을 들어봐야죠. 그후엔 정신건강의학과 협진도 해야 하고요."

"정신건강의학과라뇨?"

"현아 양 같은 경우엔 다이어트 약물 외에 우울증 약도 처방을 받았더군요. 아무 증상이 없는데 우울증 약을 장기간 복용했을 경우 부작용이 올 수 있습니다."

"그럼 저희가 어떻게 해야 합니까?"

"일단 입원 치료는 반드시 필요할 것으로 보입니다."

부모는 암담했다.

현아가 깨어났다. 현아는 가슴 통증에 누운 채로 쉽게 움직일 수 없었다. 그런 현아의 앞에 세 명의 의사가 서 있었다. 각 의사는 정형외과, 내과, 정신건강의학과 의사라고 자신을 소개했다.

"현아 양은 복장뼈에 금이 갔어요. 복장뼈는 움직이지 않으면 금방 붙습니다. 그러니 운동은 무조건 금지입니다."

정형외과 의사가 말했다.

다음으로 내과 의사가 부모에게 했던 말을 그대로 현아에게 전한 후, 마지막으로 덧붙였다.

"SMA 증후군은 다른 이름으로 살이 찌면 낫는 병입니다."

그런데 이 이야기를 들은 현아가 갑자기 웃기 시작했다.

너무 크게 웃는 바람에 복장뼈가 쑤시는지 중간에 윽윽 소리를 낼 정도였다.

"현아 학생, 왜 웃어요?"

내과 의사가 물었다.

"살이 찌면 낫는 병이라니, 반대로 말하면 안 나으면 저절로 다이어트를 할 수 있다는 뜻이잖아요."

"너 지금 그걸 말이라고!"

"너 이 계집애, 아직도 정신 못 차리고! 죄송합니다, 선생님. 얘가 이런 애가 아닌데."

엄마와 아빠가 거의 동시에 화를 내고 창피해했다.

"괜찮습니다, 부모님. 괜찮아요. 현아 양에게는 설명이 부족했던 것 같군요."

마지막으로 정신건강의학과 의사가 말했다.

"현아 양은 SMA 증후군보다 훨씬 심각한 병에 걸렸습니다. 이쪽 병 치료 역시 병행해야 합니다."

"그게 뭔가요?"

현아가 물었다.

"다이어트 중독입니다. SMA 증후군과 마찬가지로 완치가 참 힘들죠."

"하지만 살이 찌면 낫는 병이고요?"

현아가 낄낄거렸다.

"네, 그렇죠. 하지만."

정신건강의학과 의사가 현아와 눈을 똑바로 마주치며 말했다.

"다른 한편으로는, 고치지 못하면 반드시 죽음에 이르는 병이기도 합니다."

이 말에도 현아는 계속 웃기만 했다. 현아의 귀에는 이 말이 이렇게 들렸기 때문이다. 죽을 때까지 절대로 살이 찌지 않는 병.

그런 현아를 내려다보며 정신건강의학과 의사가 말했다.

"아무래도 조현아 양이 이 병에서 낫는 건 한참 후의 일이 될 것 같군요…."

우정은
동그라미
같은
장아미

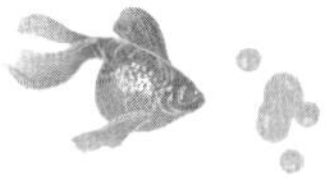

202X년 4월 7일

안녕이라는 인사는 왜 이렇게 슬픈 걸까.

지우는 놀이터에서 기다리고 있겠다고 했어. 나는 현관문을 열고 살금살금 밖으로 걸어 나왔어. 가로등 불빛마저 슬픔에 젖어 반짝이는 것 같은 밤이었어.

지우는 그네 옆에 서 있었어. 내 손을 잡고 자기 쪽으로 당겨 뭔가를 쥐여주었지. 분홍색 토끼 인형이 장식된 열쇠고리였어. 지우가 책가방에 달고 다니는 것과 꼭 같은 모양이었어.

나는 아무 말도 하지 못했어. 입을 열자마자 큰 소리로 울어버릴 것 같았으니까.

올해 다시 같은 반에 배정된 걸 알고 기뻐했는데. 이제 막 봄인데. 이렇게 헤어져야 한다니.

지우야, 너는 세상에서 가장 좋은 친구였어.

그리울 거야.

열다섯 살 하리와 지우는 절친한 친구 사이였다.

서로를 처음 안 건 십 년 전, 유치원 입학식 때였다. 이 년 넘게 같은 반에서 지냈음에도 둘은 유치원 시절 내내 데면데면했다. 지우의 부모님이 맞벌이였던 반면, 하리의 엄마는 일을 쉬고 있던 터라 하원 시간이 전혀 달랐던 까닭도 있었다.

서로의 존재를 의식하고 있으면서도 인사를 나누는 정도까지는 아니었던 둘의 관계는 초등학교 입학 이후로 조금 바뀌었다. 반이 같았던 적은 한 번도 없지만, 학교와 학원가에서 종종 마주치면서 인사치레나마 한두 마디씩을 나누게 됐으니까.

그러다 이전과 완전히 달라진 것이 중학교 입학 직전 겨울방학 때였다. 누군가 그 이유가 뭐냐고 묻는다면 하리도 정확하게 설명할 수 없을 것이다. 사람과 사람이 가까워지는 건 물감을 섞는 일과 비슷했으므로. 빨강에 노랑을 더하면 주황이 나오듯, 전혀 다른 둘이 관계를 맺는다는 건 시간과 공간을 공유하고 기억을 나누면서 알게 모르게 상대와 닮아가는 과정이었다.

하나, 또렷하게 기억하는 순간이 있다면 그날이었다. 12월 23일. 크리스마스이브 전날.

바람이 차갑던 날이었다. 문구점에서 나와 언 손에 입김을 불어넣으며 진눈깨비가 날리는 하늘을 올려다보던 하리는 바로 앞 거리에서 지우와 마주쳤다. 눈짓으로 인사를 대신한 지우가 호기심 어린 표정으로 하리에게 다가왔다.

"뭘 그렇게 잔뜩 샀어?"

"응, 이틀만 지나면 크리스마스니까. 장식을 만들어보려고."

"네가 직접?"

지우가 의외라는 듯 눈을 동그랗게 떴다. 그 반응이 하리는 조금 쑥스러웠다.

"어렵지 않은걸. 유튜브에도 영상이 많이 올라와 있고."

둘은 이런저런 이야기를 나누었다. 잠시 후 지우가 학원에 가야 한다며 뒤돌아섰을 때 하리는 왠지 모를 아쉬움을 느꼈다.

그날 이후로 하리는 아파트 단지 안 산책로와 놀이터 등지에서 지우와 빈번하게 마주쳤다. 마음은 몸까지 조종할 수 있는 것 같았다. 관심에는 놀라운 힘이 있었다. 더 자주 오래

보고 대화를 나누고 시간을 보내도록 했다.

둘은 빠르게 가까워졌다. 서로 학원 수업이 마치기를 기다렸다가 녹다 만 눈을 밟으며 함께 걸었고 편의점에서 간식을 사 먹었으며 목도리를 바꿔 두르고 다녔다. 하리는 지우를 집으로 초대해 직접 만든 가랜드와 리스를 보여주었다.

둘은 취향이 비슷했고 싫어하는 것들은 더 비슷했다. 두부 반찬은 마지막까지 남겨놓았고 달걀프라이에는 케첩을 뿌려 먹었다.

그런 한편으로 둘은 어떤 면에서는 무척 달랐지만 하리는 그 사실마저 기쁘게 받아들일 수 있었다. 지우가 수학 문제를 푸는 즐거움에 대해 설명할 때 자신은 소설책을 다 읽은 직후의 만족감을 떠올렸던 것처럼. 하리가 추위를 잘 탔다면 지우는 정반대로 더위를 질색했지만 상관없었다. 지우가 자신의 핫팩을 하리에게 양보했듯이 차이는 노력으로 좁혀나갈 수 있었다.

상상력은 타인의 입장을 제 것처럼 들여다볼 수 있게끔 했다. 이해는 덧셈과 뺄셈으로 이루어져 있었다.

중학교에서 처음 보낸 일 년 동안 주위 친구들이 바뀐 환경에 적응하지 못해 힘들어했던 것과 달리 하리는 오직 하나

로서 감당해야 하는 감정에 대해 생각해본 적이 거의 없었다. 셋이나 넷, 다섯은 불완전해 보였다. 하리에게는 둘이야말로 완벽한 숫자였다.

그러나 지금 이 순간, 하리의 옆은 비어 있었다. 지우는 이 도시를, 한국을 떠났다. 지우 엄마의 직장 문제로 급하게 결정된 사항이었다. 지우는 고등학교에 입학하기 전까지 귀국하지 않을 것이라고 했다. 이건 절대 자신의 뜻이 아니라고 변명하면서도 지우는 외국 생활을 은근히 고대하는 눈치였다.

하리가 한숨을 쉬었다. 자신도 캐나다에 살게 되면 그럴 것이라는 생각이 들어서였을까.

시선을 흐린 하리가 턱을 괬다. 지우는 지금 어디에 있을까. 미국에서 비행기를 갈아탈 거라고 했는데. 밴쿠버에 잘 도착했을까.

급식을 먹는 동안에는 작년에 같은 반이었던 친구들 사이에 끼어 앉을 수 있었다. 하지만 급식실에서 나오자마자 그 애들은 자기들끼리 떠들며 어디론가 가버렸다. 하리는 식판을 들고 머뭇거리다 따라갈 기회를 놓치고 말았다. 그렇다고 교실로 돌아가고 싶지는 않았다. 하리는 햇살이 쏟아지는 복도 끝에 서 있다 터덜터덜 운동장으로 나왔다.

플라타너스가 늘어 선 운동장 한편 농구 코트에서는 남자 애들이 교복 차림으로 농구 경기를 뛰고 있었다. 미풍이 새잎을 흔들었다. 스탠드에 앉아 봄볕을 쬐는 하리의 마음에 그늘이 졌다.

그럴 이유도 없는데. 그냥 혼자 앉아 있을 뿐인데. 하리는 자꾸만 움츠러드는 기분이었다. 누군가 자신을 몰래 괴롭히는 것 같았다. 배도 부른데. 날씨도 좋은데. 왜 이렇게 허전하고 추울까. 엉엉 울고 싶을까.

"거기서 뭐 하고 있어?"

하리가 눈을 들었다. 같은 반 여자애가 해를 등진 채로 삐딱하게 서 있었다. 눈썹 위에 손을 갖다 댄 후에야 그 애의 이목구비가 제대로 보였다. 쟤 이름이 뭐였더라. 김나은, 그래, 나은이라고 했지.

"그게, 점심을 먹었더니 졸려서."

"맞다! 너 민지우랑 친했지? 어쩌냐, 지우가 그렇게 가버려서. 너도 몰랐던 거지?"

뭐가 그렇게 신나는지 나은은 손뼉까지 치며 재잘거렸다. 고개를 푹 꺾은 하리가 마지못해 대답했다.

"뭐, 그렇지."

나은이 하리 옆에 엉덩이를 던졌다. 방만한 자세로 다리를 벌리고 팔을 뒤로 젖혀 손바닥으로 바닥을 짚었다. 나은은 바지 교복을 입고 다니는 몇몇 여자애들 중 하나였다. 중학교 입학을 위해 교복을 사러 갔을 때 하리는 별 고민 없이 치마를 선택했다.

"하긴 나라도 속상할 것 같긴 해. 어느 날 갑자기 절친이랑 헤어지면."

순간 하리는 뺨을 타고 흐르는 눈물을 느꼈다. 뭔데, 왜 이러는 건데, 바보같이. 하리가 시선을 돌렸다. 손바닥에 달아오른 낯을 파묻고 콧물을 훌쩍였다. 그러다 끅끅거리며 울기 시작했다. 이러지 말자고, 대낮부터 이게 무슨 민망한 짓이냐고 스스로를 탓하면서도 멈출 수 없었다.

눈물은 하염없이 흘렀다.

나은은 그런 하리의 옆을 지키고 있을 뿐이었다. 섣부른 위로를 건네려 하지도 않았다. 다만 나은은 기다리고 있는 듯했다. 하리가 울음을 그칠 때까지. 마음속에 고인 눈물을 모두 쏟아낼 때까지. 조용히.

그때 화단 뒤에서 발소리와 함께 여자애들이 나누는 명랑한 말소리가 들렸다. 나은이 후다닥 자리에서 일어났다.

"김나은! 너는 왜 말도 없이 사라지고 그러냐."

핀잔을 주는 듯한 음성이 하리의 귀에도 익었다. 예서현이었다. 나은이 속한 무리의 일원. 하리네 반 반장.

느닷없이 나타난 친구들을 반기는 듯한 자세를 취하며 나은이 슬그머니 서 있던 방향을 바꾸었다. 친구들이 스탠드 바로 아래 칸에 앉아 울먹이는 하리를 발견하지 못하게 가려주려는 것처럼.

"소화도 시킬 겸 잠시 나와 있었지. 꽃구경도 하고. 어, 그런데 저기 농구 코트에 3반 반장 아냐?"

"농구 코트에? 어디, 어디?"

되묻는 서현의 말투에 흥분이 서렸다. 발꿈치를 들고 그쪽을 한참 동안 예의 주시하는가 싶던 서현이 다시 한번 나은에게 물었다.

"안 들어가? 곧 종 칠 텐데."

"금방 갈게. 먼저 들어가 있어."

나은의 태도에서 무언의 요청을 감지한 서현이 못마땅한 표정으로 몸을 돌리더니 옆에 있던 친구와 팔짱을 꼈다.

"너무 늦지는 말고. 다음 시간 수학이잖아. 너 수학 성격 알지?"

그러는 동안에도 하리는 손바닥으로 눈가를 가린 채로 엎드려 있었다. 목덜미가 홧홧하고 속이 울렁거렸다. 여자애들의 웃음소리가 멀어졌다.

더는 이렇게 주저앉아 있을 수 없음을 깨달은 하리가 젖은 얼굴을 들었다. 나은이 물었다.

"괜찮아?"

하리는 대답할 수 없었다. 점퍼 소매로 상기된 뺨을 문지르곤 가까스로 머리를 끄덕였을 뿐이었다. 엉덩이 아래를 툭툭 턴 나은이 씩 웃으며 손짓했다.

"우리 같이 들어갈래?"

'들어갈까'와 '들어가자' 사이 어디쯤. 아직은 그 정도 관계.

그럼에도 하리는 문득 생각했다. 어쩌면 지우 없이도 괜찮을 거라고. 나는 생각보다 훨씬 잘 지낼 수 있을 거라고.

둘은 천천히 함께 걷기 시작했다.

202X년 4월 16일

오늘은 지우랑 페이스톡을 했어. 거의 일주일 만에 얼굴을 보고 떠들어서 그런지 어찌나 즐겁던지. 끝나고 나니 한 시간이 훌쩍 지나 있는 거 있지.

지우가 내게 인스타그램에 올리지 않은 사진 몇 장을 보여줬어. 자기가 사는 동네래. 그제야 실감이 나더라. 지우가 여기에 없다는 걸. 내 곁을 정말로 떠나버렸다는 걸.

밴쿠버는 내가 사는 도시와는 전혀 달라 보였어. 바다가 있고 해변이 있고 나와 다르게 생긴 사람들이 있었지.

이곳이 낮일 때 그곳은 밤이야. 우리 사이에는 열여섯 시간의 시차가 있어.

지우는 한국으로 돌아가고 싶어서 밤마다 운다고 했지만 글쎄, 사진 속 그 애는 꽤나 행복해 보였어.

나는 잘 모르겠어. 내가 지우를 잊을 수 있을까. 언젠가는 둘이 같이 보낸 시간들을 그리워하지 않게 될까.

나는 아직도 이렇게 슬픈데. 외로운데. 혼자서는 아무것도 제대로 해낼 수 없을 것 같은데.

아이들이 교문을 빠져나왔다. 웃음기 어린 말소리가 주택가를 끼고 이어지는 좁은 골목을 가득 채웠다. 금요일 오후였다. 곧 주말이었고 적어도 이틀 동안은 그들 모두 지루한 단체 생활에서 벗어나 자유를 누릴 수 있었다.

하리가 후드 점퍼에 달린 끈을 만지작거렸다. 책가방이 등뒤로 무겁게 늘어졌다. 운동화를 신은 발의 놀림이 느려졌다. 하리가 숙이고 있던 고개를 들었다. 대각선 방향으로 서너 발짝 앞에서 여자애들 셋이 걷고 있었다.

나은과 서현과 유빈. 그중 서현은 단연 눈에 띄었다. 피부가 흰 편인 그 아이는 색이 옅은 머리카락을 어깨 위로 늘어뜨리고 있었다. 교복 셔츠는 깨끗하고 넥타이는 단정하게 매듭지어졌다. 쉬는 시간마다 손을 씻고 핸드로션을 바르는 버릇 때문인지 늘 은은한 라벤더 향기를 풍겼다.

들리는 소문에 의하면 서현의 부모님은 두 분 다 변호사라고 했다. 서현은 하리네 반에서 의사가 장래희망이라고 말하는 유일한 학생이었다.

그에 반해 유빈은 옷매무새에 전혀 신경쓰지 않았다. 언제나 안경알은 지저분했고 손등에는 형광펜 잉크가 묻어 있었으며 치마는 구겨져 있었다. 습관적으로 주위를 돌아보며 머리를 매만지고 입술을 깨물곤 하는 또래 아이들과는 달리, 유빈은 다른 사람들의 이목에 딱히 관심이 없어 보였다.

지금 역시 그랬다. 한 손에 영어 단어장을 든 유빈이 고개를 숙인 채로 입속으로 무슨 말인가를 중얼거렸다. 영어 단어를 외우고 있는 걸까. 하리는 유빈과 한마디도 나눠본 적이 없었다.

그런가 하면 나은은 몸동작이 컸고 덤벙거렸다. 먼지가 묻는데도 개의치 않고 창문턱이나 계단참 같은 곳에 아무렇게나 걸터앉아 있곤 했다. 하리는 성격적으로 비슷한 면이 거의 없는 서현과 나은이 어떻게 함께 다닐 수 있는지 이해가 가지 않았다.

대화를 주도하는 건 서현이었다. 눈가에 가느다랗게 주름을 잡은 채로 그 애는 그날 체육 시간에 벌어진 일에 대해 토로하고 있었다.

"봐, 공을 얼마나 세게 맞았는지 아직도 자국이 남아 있잖아."

나은이 소매를 걷은 서현의 팔목을 넘겨다보며 흐응 소리를 흘렸다. 그런 나은의 반응에 기분이 상한 듯 입술을 비죽거리던 서현이 다음 순간 놀라운 광경을 목격한 것처럼 눈을 크게 떴다.

"뭐야, 벌써 간 줄 알았는데!"

서현이 앞머리를 가다듬었다. 나은과 유빈이 슬쩍 옆을 돌아보았다. 하리도 얼결에 그쪽을 주시했다.

남자애들 한 무리가 걸어오고 있었다. 3반 반장은 키가 큰 아이들 속에서도 머리가 한 뼘 이상 튀어나와 있었다. 그 애들은 시끄럽게 떠들고 장난을 치면서 서현과 친구들 옆을 스쳐 지났다. 예기치 않게 3반 반장과 시선이 마주친 하리가 화들짝 놀라 후드 점퍼의 끈을 당기며 딴청을 부렸다. 그러다 얼굴을 돌렸을 때 서현이 불만스러운 눈초리로 그를 노려보고 있었다. 그렇게 대놓고 티를 내면 어쩌느냐고 항의라도 하는 것 같았다.

"…미안."

하리가 어쩔 줄 몰라 하며 우물거렸다. 둘 사이의 긴장을 알아챈 나은이 잽싸게 다가와 하리를 끌어당겼다.

"이하리! 너는 왜 그렇게 떨어져 있냐? 누가 보면 따로 가는 줄 알겠네."

하리가 쭈뼛쭈뼛 나은이 이끄는 대로 움직였다. 지금 이 상황이 못마땅하다는 듯 서현이 입매를 씰룩였다. 서현은 하리를 마음에 들어하지 않았다. 그 사실이 하리의 가슴을 쓰라리게 했다. 하리는 누군가 자신을 싫어할 수도 있다는 걸 머리로는 이해하면서도 진심으로는 받아들이기 힘들었다.

신경질적인 태도로 걸음을 빨리하는가 싶던 서현이 가방

끈을 움켜쥐고 툭 내뱉었다.

"아, 학원 가기 싫다."

그 얘기를 들은 나은이 문득 생각났다는 듯 하리에게 눈길을 던졌다.

"맞다. 하리, 너도 학원 옮길래? 우리가 다니는 데로."

"…학원?"

하리가 되물었다. 나은이 한층 적극적으로 설득에 나섰다.

"우리랑 같이 다니자. 여기 선생님들도 좋아."

서현이 인상을 썼지만 나은은 굴하지 않았다.

"너까지 오면 넷이네. 좋잖아, 짝수."

서현이 나은의 옆구리를 찌르더니 볼멘소리를 냈다.

"짝수는 무슨. 너는 가끔 이상한 얘길 하더라."

"틀린 말은 아니지 않아? 같이 다니는 친구가 많으면 좋잖아. 서현이 너는 싫어?"

나은이 단도직입적으로 묻자 서현이 곤란하다는 듯 말을 더듬었다.

"음, 싫을 것까지는 없지만."

"됐네. 그럼 얘기 끝난 거다."

서현은 불만스러운 표정을 지었지만 더는 첨언하지 않았

다. 하리는 그들 옆에서 터덜터덜 따라 걸을 뿐이었다.

하리는 그리웠다. 지우와 함께 지낸 나날들이. 사소한 말다툼 같은 건 벌이지 않아도 됐던 익숙함이. 짧은 머리카락과 동그란 뺨, 느린 걸음걸이가.

그런 하리의 기분을 아는지 모르는지, 콧노래를 흥얼거리던 나은이 빙글 뒤돌아서서는 친구들을 향해 외쳤다.

"우리 배도 고픈데 편의점에서 라면이나 먹고 갈까, 어때?"

"웬 라면."

서현이 투덜거렸지만 굳이 반대하는 눈치는 아니었다.

"아니면 삼각김밥, 참치마요로 두 개."

나은이 발까지 굴리며 호들갑을 떨자 방금 전까지만 해도 오만상을 구기고 있던 서현이 못 말리겠다는 듯 웃음을 터뜨렸다.

"너는 지난번에도 참치마요만 두 개 사 먹더니. 대체 참치마요를 왜 그렇게 좋아해?"

"그야 당연히 맛있으니까."

서현이 배꼽을 잡고 깔깔거렸다. 분위기가 대번에 밝아졌다. 영어 단어장을 카디건 주머니에 꽂은 유빈이 친구들의 팔을 붙잡고 한마디를 보탰다.

“아니지, 무조건 매운 걸로 먹어야지.”

셋은 의기투합해 편의점으로 달려갔다. 하리는 선불리 그 애들을 따라나서지 못하고 계단 아래에서 제자리걸음했다. 저 애들은 정말 나와 어울리고 싶은 걸까. 그건 단순히 나은의 의견일 뿐이지 않을까. 서현은 나를 받아들여줄까.

분명한 사실은 하리는 더는 소외되고 싶지 않다는 것이었다.

하리는 친구를 사귀는 과정이 화분에 물을 주는 일과 같다는 걸 미처 터득하지 못했다. 흙을 만지고 새로 틔운 싹을 관찰하며 관심을 기울이듯 부단한 노력 끝에 이루어지는 것이라는 걸 새롭게 깨달아야 했다. 지금까지 하리에게 우정이란 애쓰지 않아도 자연스럽게 찾아오는 것이었기에.

혼자는 외로웠다. 하리는 친구들 속에, 무리에 포함되고 싶었다. 이를 위해 무엇을 해야 할지 아직은 알 수 없었지만 노력해볼 작정이었다. 자기 자리를 만들기 위해서라면. 설사 그것이 자신의 일부를 탈바꿈시켜야 하는 일일지라도.

그때 편의점 문이 열리더니 나은이 쑥 얼굴을 내밀었다.

“안 들어오고 뭐 해?”

"응, 갈게."

하리가 서둘러 출입문을 통과했다. 서현과 유빈은 컵라면이며 음료수 같은 것을 품에 안은 채로 과자가 진열된 선반을 구경하고 있었다.

"학원 말이야, 고민해보는 거지?"

나은이 물었다. 하리가 삼각김밥을 집으며 고개를 끄덕였다.

"엄마한테 물어볼게."

"어라?"

나은이 씩 웃으며 바구니에 담은 것을 가리켜 보였다.

"너도 참치마요 좋아하는구나, 그렇지?"

"으, 응."

하리가 무심결에 손에 쥔 삼각김밥을 내려다보았다.

"역시 참치마요가 제일 맛있다니까."

"너희들 거기서 뭐 해? 빨리 와. 계산해야지."

저편 카운터 앞에서 서현과 유빈이 손을 흔들었다.

"얘들아, 하리도 참치마요가 좋대."

나은이 하리의 팔에 제 팔을 끼우며 재잘거렸다.

"그럼 음료수도 나랑 같은 걸로 마시기."

하리는 어쩐지 입꼬리가 간지러운 느낌이었다. 그날 처음으로 짓는 진짜 웃음이었다.

202X년 5월 1일

일기를 쓸 기분은 아니지만 조금만 적어본다. 오늘은 지우랑 싸웠어. 자기가 보낸 메시지에 답을 빨리 안 한다고 나한테 막 짜증을 내는 거 있지.
내가 일부러 그랬겠어? 확인을 늦게 했을 뿐인데. 게다가 답문이 늦는 건 걔도 마찬가지라고.
결국 먼저 사과를 하긴 했지만 마음이 좋지 않았어. 우리가 언제까지 이런 식으로 연락하고 지낼 수 있을까 하는 생각도 들더라.
그때 다른 친구들과 같이 있었던 건 맞아. 하지만 지우의 메시지를 일부러 무시한 건 절대 아냐.
네 생각은 어때. 너도 지우의 말처럼 내가 변한 것 같니?

엄마는 하리에게 학원을 옮기고 싶으면 그래도 된다고 허락해주었다. 하지만 하리는 그것이 배려라기보다는 무관심에서 비롯된 조처라는 걸 알았다.

엄마는 근래 가정 내에서 벌어지는 일들에 관심을 쏟을 여유가 없어 보였다. 저녁 식사 자리에서 아빠와 주고받는 대화의 내용으로 미루어 추측해보면 직장에서 적지 않은 어려움을 겪고 있는 듯했다. 퇴근 후에도 거래처에서 걸려오는 전화에 시달리며 서재에 틀어박혀 노트북을 두드리기 일쑤였다.

하리는 엄마에게 자신의 상황에 대해 설명하는 것을 그만두었다. 하리는 엄마와 마주앉아 소통 비슷한 걸 시도할 때마다 말로는 표현하기 힘든 답답함을 느꼈다. 용기를 내 학교생활에서 경험하는 어려움을 털어놓아봤자 돌아오는 답은 늘 비슷했다.

"내가 어떻게 해줬으면 좋겠니?"

그런 질문을 들을 때마다 하리는 몸에서 힘이 쭉 빠지는 기분이었다. 하리는 어리광을 부리고 싶지 않았다. 엄마가 자신의 문제를 해결해주기를 바라지도 않았다.

당황한 하리가 속으로 답을 고르며 망설일 때마다 엄마는 이렇게 덧붙이곤 했다.

"어쩜 너는 네 언니와 너무 다르구나."

하리는 이런 얘기가 돌아올 거라는 걸 예감하고 있었지만 그럼에도 매번 엄마에게 실망하고 말았다.

하리보다 세 살이 많은 유리는 부모님이 자랑스러워하는 딸이었다. 조숙하고 꼼꼼하고 교우관계는 원만했으며 부모님이 따로 신경을 써주지 않아도 성적은 항상 상위권을 유지했다.

하리는 자매라는 관계로 묶여 있는 이상 언니와 비교될 수밖에 없다는 걸 이해하고 있으면서도 때때로 속상해 울고 싶었다. 언니와 사이가 좋았기 때문에 더더욱 그랬다. 하리에게도 유리는 자랑스러운 언니였으니까.

고등학교에 입학한 이후로 유리는 부쩍 늦게 귀가했다. 유리는 목표가 뚜렷했고 일찍부터 대학 입시를 준비하고 있었다.

하리는 그것이 섭섭했다. 언니라면 내 마음을 헤아려주었을 텐데. 내게 필요한 게 뭔지 알아내고 조언해줄 수 있었을 텐데. 하리는 언니 방의 닫힌 문 앞에서 고개를 떨어뜨린 채로 번번이 돌아서야 했다.

그래서일까, 하리는 어느 순간부터 가족들 앞에서 속내를 얘기하지 않기를 선택했다. 지우와 헤어져 속상하다는 것도. 친구들과의 사이에서 고민이 많다는 것도. 대신 매일 일기를 썼다. 색색의 펜으로 글씨를 눌러 쓰고 그에 어울리는 스티커를 붙이면 우울함이 가시고 조금은 홀가분해진 기분으로 잠자리에 들 수 있었다.

하리는 나은이 자신을 무리에 받아줘서 얼마나 고마운지 몰랐다. 전화번호를 교환하고 단체 채팅방에 초대해주고 옆자리에서 급식을 먹어줘서 얼마나 든든한지 몰랐다. 같이 공부하고 숙제를 물어볼 수 있는 사람이 있어서 진심으로 다행이라고 생각했다.

새 친구들에게 하리는 나날이 익숙해졌다. 지우와 헤어진 슬픔으로 하얗게 비어 있던 마음도 조금씩 채워졌다. 이전과 다른 색으로, 알록달록하게.

한때 하리에게 우정이란 둘씩 짝지은 채로 빙글빙글 도는 춤 같은 것이었다. 혼자서는 절대 출 수 없는. 그 춤을 셋, 넷, 다섯, 심지어 더 많은 이들과 함께 시도할 수 있다는 걸 하리는 뒤늦게 터득했다. 물론 여러 명이 번갈아 인사하고 손을 잡고 스텝을 밟는 것은 쉽지 않은 일이었다. 그건 즐거운 동시에 매우 복잡한 춤이었다.

하리는 지금 넷이 추는 춤의 규칙을 지키기 위해 노력하는 중이었다. 차례를 기다릴 것. 서로에게 고루 충실할 것. 다른 의견을 무시하지 말 것.

어느 날 교실 앞 복도를 걸으며 나은은 하리에게 이렇게 말해주었다.

"쉬는 시간에 네가 색종이로 꽃을 접어서 애들한테 나눠 줬잖아. 보자마자 우와! 했다니까. 나는 네가 뭔가에 집중할 때 표정이 좋아. 엄청 진지하고 귀여워 보이거든."

하리가 쑥스러워하며 달아오른 뺨에 손을 갖다 댔다.

하리에게 나은은 위로가 필요한 순간 축 처진 어깨를 다독여준 손길 같은 친구였다. 나은은 상냥했다. 또 씩씩했다. 몸짓은 거침없었고 걸음은 가벼웠지만 나란히 선 친구의 보폭을 신경써주는 배려심이 있었다.

그런 한편으로 하리는 나은의 어떤 점을 끝내 이해할 수 없을 것 같았다. 나은은 화가 나면 말을 함부로 했다. 유치한 장난을 거는 남학생들과 큰소리로 맞붙어 싸우기도 했다. 하리는 그럴 때마다 나은을 어떻게 대해야 할지 몰라 난감했다.

하리는 불화가 싫었다. 자신을 불쾌하게 만드는 것들에 못마땅한 내심을 드러내기보다는 질끈 눈을 감고 고개를 돌리곤 했다. 사소한 문제에도 발끈하는 나은에게 동감하기 힘들었다.

봄비가 한차례 쏟아지더니 날씨가 몰라보게 따뜻해졌다.

학원 수업을 마치고 넷은 우르르 계단을 걸어 내려갔다. 난간을 짚은 채로 걸음을 떼던 하리의 팔을 누군가 건드렸다. 하리가 뒤를 돌아보자 서현이 손에 든 것을 내밀어 보였다.

"이거 네 가방에서 떨어진 것 같은데. 맞아?"

"아, 고마워."

하리가 토끼 인형 열쇠고리를 건네받았다. 달고 다닌 지 한 달밖에 안 지났는데 벌써 이런 일이 생기다니. 속상한 마음을 감추지 못하고 하리가 입술을 깨물었다.

"선물받은 거야?"

서현이 물었다. 나은과 유빈은 옥신각신하며 한 층 아래를 지나고 있었다.

"응, 지우가 준 선물이야."

서현의 눈길을 의식하면서 하리가 열쇠고리를 책가방 앞주머니에 넣었다. 그사이 웬만큼 친밀해졌다곤 해도 하리는 아직까지 서현을 대할 때마다 이상할 만큼 긴장하곤 했다.

"고리 부분만 고치면 다시 쓸 수 있을 거야. 너무 속상해하지 마."

서현이 하리의 옆으로 내려와 서며 물었다.

"지우는 잘 지낸대? 가끔 연락해?"

"응, 카톡으로. 예전만큼 자주는 아니지만."

둘은 나란히 계단을 걸어 내려갔다. 하리는 서현과 자신 사이에 끼어 있던 살얼음 같은 것이 스르르 녹아 사라지는 기분이 들었다.

그날 밤 하리는 침대에 누워 핸드폰을 손에 쥐었다. 버릇처럼 인스타그램 앱을 열었다. 하리가 대다수의 친구들처럼 페이스북에 가입하는 대신 인스타그램을 하게 된 건 지우 때문이었다. 지우가 먼저 인스타그램을 시작했기 때문에.

지우는 캐나다에 간 이후로 눈에 띄게 빈번하게 포스팅을 작성했다. 지우에게는 많은 것들이 새로울 테니까. 하리도 그 심정을 이해할 수 있었다. 전혀 다른 집, 전혀 다른 학교, 전혀 다른 거리, 전혀 다른 친구들.

하리는 지우가 올리는 포스팅들에 꼬박꼬박 '좋아요'를 누르면서도 자신이 그것들을 진심으로 좋아하는지 알쏭달쏭하기만 했다.

오늘도 지우는 해변에서 찍은 사진을 업데이트했다. 그 사진 속에서 지우는 모래밭에 서서 흩날리는 머리카락을 넘기며 환하게 웃고 있었다. 하리가 핸드폰 화면을 노려보면서 불만에 찬 표정을 지었다. 자기는 이렇게 신나게 지내고 있으니 실컷 부러워하라 이거지?

그러다 알림이 온 걸 발견하고 부랴부랴 앱 상단의 아이콘을 눌렀다. 하리에게 새 팔로워가 생겼다! 이게 얼마 만이람. 같은 반 친구일까.

누구의 것인지 모를 그 계정의 프로필 사진은 드럼 스틱을 등뒤에 엇갈려 멘 소녀 검객이었다. 하리도 잘 아는 애니메이션 주인공이었다. 욜리는 〈미스터리 타운〉에서 하리가 제일 좋아하는 캐릭터였다. 그 계정의 이름 역시 예‘욜리’였다. 호기심에 이끌려 해당 계정을 방문한 하리가 재빨리 스크롤을 내렸다.

각종 캐릭터 문구와 소설책과 만화책, 고양이 사진 들. 댓글을 남긴 몇몇 이름들이 익숙했다. 같은 학교 친구들의 계정은 거의 다 기억하고 있었으니까. 그러다 하늘을 향해 치켜든 손 사진을 확인한 하리가 눈을 깜빡였다. 어라, 얘는 서현이잖아? 네 번째 손가락에 끼워진 클로버 모양 장식의 반지를 확인하는 즉시 하리는 확신할 수 있었다. 예욜리는 예서현의 계정이었다!

동시에 사진 속 정보들이 하나로 합쳐지면서 놀라울 만큼 또렷한 형체를 이루었다. 하리는 깨달았다. 서현이 그런 친구였구나. 브로콜리를 싫어하고 포테이토피자를 즐겨 먹는. 자신처럼 〈미스터리 타운〉을 챙겨 보고 욜리를 좋아하는. 공부를 소홀히 하지 않으면서도 다방면으로 관심이 많은.

하리가 그 계정을 팔로우했다. 그 즉시 앱 상단에 종이비행기 아이콘이 떴다. 쪽지가 도착했음을 알리는 표시였다.

하리가 쪽지 창을 열었다. 발신자는 예욜리, 아니, 서현이었다.

안녕. 안 자고 있었네.

어, 곧 자려고. 너 서현이… 맞아?

그럼 내가 누구라고 생각했는데?

서현이 장난스러운 표정의 이모티콘을 보냈다. 소리 죽여 웃은 하리가 조심스럽게 물었다.

그런데 내 계정은 어떻게 안 거야?

예전부터 알고 있었는데. 작년에 너랑 같은 반이었던 애들 중에 초등학교 때 친하게 지낸 친구도 있고. 너 직접 만든 물건들 사진으로 찍어서 올리곤 했잖아. 그 페이퍼 토이 되게 예뻤는데.

하리의 뺨이 발그레해졌다. 서현이 나를 알고 있었다고? 예전부터 이 계정을 지켜보고 있었다고?

나는… 전혀 몰랐어.

그럴 수도 있지. 따로 댓글 남긴 적도 없으니까.

나은이는? 걘 인스타 안 해?

계정은 있는데 앱을 지워버렸을걸. 있지,
걔는 이런 데 관심 없어. 걔가 좀 그렇잖아.
메시지도 빨리빨리 확인 안 하고.

그렇구나.

화면 위 글자들을 입력하는 서현을 상상하는 기분이 묘했다. 한 가지 다행이라면 실제로 마주보고 이야기할 때보다 훨씬 마음이 편하다는 점이랄까.

> 내가 낯을 좀 가리는 편이라.
> 그동안 어색하게 굴었다면 미안.
> 우리 앞으로 친하게 지내자.

서현은 그 말을 마지막으로 잘 자라는 인사를 했다. 인스타그램 앱을 닫은 뒤에도 하리의 마음은 풍선껌처럼 부풀어 올라 좀처럼 가라앉지 않았다.

그래서 하리는 금세 잊어버렸는지 몰랐다. 지우가 오늘 무슨 사진을 올렸는지. 거기에 좋아요를 눌러야 한다는 것도.

202X년 5월 13일

지우는 아직도 내 친구일까. 우정이란 언제까지 유지될 수 있는 걸까.
요즘은 학교를 다니는 게 너무너무 즐거워. 서현이가 있으니까.
우리가 이렇게 잘 맞을 줄은 미처 몰랐어.

"봄바람 분다고 여기저기 돌아다니지 말고. 일찍들 귀가하도록. 이상."

담임선생님이 농담 비슷한 말을 남기고 나간 즉시 교실 안이 시끄러워졌다. 하리 역시 한쪽 어깨에 가방을 걸친 채로 의자를 밀고 일어섰다.

넥타이를 느슨하게 풀어헤친 나은이 서현의 책상 끝에 걸터앉았다. 서현이 책가방을 정리하다 말고 툴툴거렸다.

"좀 내려와줄래?"

나은이 약 올리듯 말했다.

"싫은데?"

"하여간. 못됐어."

하리가 입술을 가린 채로 키득거렸다. 하리는 서현이 진짜 화가 난 게 아니라는 걸 알았으니까. 하리는 나은이 서현과 친하게 지내는 이유도 짐작할 수 있을 것 같았다. 직설적이지만 상냥한 나은과 사리가 분명하되 예민한 서현. 귀여운 친구들.

그때 유빈이 가방끈을 틀어쥔 채로 그들 앞으로 다가왔

다. 치마 주머니 밖으로 볼펜이 꽂힌 영어 단어장이 튀어나와 있었다. 입매에 잔뜩 힘이 들어간 모양새가 어쩐지 평소와 달라 보였다. 유빈이 앞머리를 고정시킨 핀을 바로잡더니 숨을 깊게 들이마셨다.

"나 학원 그만두려고."

셋의 시선이 동시에 유빈에게 쏠렸다.

"왜?"

가장 먼저 물은 건 서현이었다. 유빈이 손을 들어 교실 문 근처에 서 있던 무리들을 가리켰다.

"걔들이랑 소수 정예로 따로 수업을 받기로 했거든."

거기에 희수 무리가 있었다. 서현의 얼굴이 일그러졌다. 서현은 희수와 사이가 좋지 않았다. 둘은 반에서 제일 공부를 잘하는 아이들이었다. 더군다나 듣자 하니 희수는 작년에 3반 반장과 사귄 적이 있다고 했다. 그 얘기를 입에 담으며 서현은 질색이라는 듯 몸을 떨었다.

"미리 말이라도 해주지 그랬어?"

서현이 항의하다시피 물었다.

"미안. 어쩌다보니 그렇게 됐네."

순순히 사과하면서도 유빈은 서현의 반응에 개의치 않아

하는 눈치였다. 유빈에게는 자기 하고 싶은 대로 밀어붙이는 고집 같은 게 있다. 하리는 유빈의 그런 면이 부러웠다. 유빈의 결정이 그들 넷의 우정에 금이 가게 한다고 해도. 한편으로는 유빈이 멋있다고 생각했다.

"그럼 먼저 갈게. 안녕."

안경을 매만지며 유빈이 고개를 까딱하곤 돌아섰다. 그런 다음 희수 무리와 함께 유유히 교실을 빠져나갔다.

순간 하리의 머릿속에 가장 먼저 떠오른 생각은 그것이었다. 이제부터는 셋이구나.

그날부터 유빈은 서현, 나은, 하리와 같이 하교하지 않는 것은 물론이고 학교에서도 더는 어울려 다니지 않았다. 셋은 홀수였다. 짝이 맞지 않는 숫자. 둘씩 짝지으면 하나가 남을 수밖에 없는.

유빈이 무리에서 이탈하고 서현은 하리에게 부쩍 친근하게 굴었다. 하리는 그런 변화가 반가운 반면 난처하기도 했다. 나은의 입장을 고려하지 않을 수 없었으니까.

그런데도 으쓱한 기분이 드는 걸 어쩔 수 없었다. 서현이 자신을 나은보다 훨씬 소중하게 여긴다는 확신이 들 때마다 하리는 뜻 모를 우월감을 느꼈다. 심지어 셋의 관계에서 가장 자리로 밀려난 나은을 깔보는 마음까지 생겼다. 예전부터 껄끄럽게 여겼던 나은의 몇몇 행동들이 참을 수 없을 만큼 불쾌하게 다가오기도 했다.

하리는 서현과 따로 채팅방을 만들었고 시간 날 때마다 둘이서 얘기를 나누었다. 서현은 하리에게 3반 반장을 좋아하게 된 계기에 대해 털어놓았다.

작년 가을이었어. 운동장을 걷고 있는데 농구공이 갑자기 내 쪽으로 날아오는 거야. 깜짝 놀라서 그 자리에 멈춰 있는데 누가 앞으로 달려 나오더라고. 걔였어, 3반 반장. 걔가 농구공을 막아준 거지. 그때부터였던 것 같아. 네가 봐도 걔 좀 괜찮지 않니?

다가오는 주말, 둘은 버스를 타고 시내에 놀러 나가기로 했다. 이런저런 가게들을 구경하고 〈애니 헤븐〉에도 들를 계획이었다. 〈애니 헤븐〉은 애니메이션, 만화, 게임 관련 제품들을 판매하는 곳이었다. 하리는 꼭 한번 구경 가보고 싶다고 노래를 부르면서도 지금까지 그곳에 갈 기회가 없었다.

엄마는 흔쾌히 주말 시내 나들이를 허락해주었다. 엄마는 서현을 신뢰하는 듯했다.

이런저런 계획을 세우며 즐거워하던 하리가 뒤늦게 생각났다는 듯 물었다.

나은이는? 같이 가자고 안 물어봐도 돼?

서현의 대답은 단호했다.

걔는 싫어할걸.
억지로 끌고 가봐야 옆에서 내내
투덜거리기나 할 거고.

딱히 틀린 말이라고 할 수는 없었다. 며칠 전 하리가 왜 인스타그램을 하지 않느냐고 은근슬쩍 질문을 던졌을 때 나은은 턱을 받친 채로 심드렁하게 고개를 저었으니까.

"시시하잖아. 좋아요를 몇 개 받았다느니 자랑하는 것도 한심하고."

나은은 〈미스터리 타운〉을 보지 않았고 하리와 서현이 돌려 읽던 만화책에도 관심이 없었다. 나은이 그나마 흥미를 품고 있는 건 슈퍼 히어로 영화 시리즈였는데, 그건 또 하리와 서현의 관심 밖에 있는 소재였다. 하리는 나은이 자신들과의 우정을 유지하기 위해 아무런 노력도 기울이지 않는다는 점이 내심 못마땅했다.

점심을 먹은 하리가 현관문을 열고 나왔다. 완연한 봄날이었다. 아파트 정원을 지나며 하리는 야구 모자를 고쳐 썼다. 서현이 하리를 발견하고 손을 흔들었다.

"미안, 시간 맞춰 나오긴 했는데."

하리가 달려가자 서현이 씩 웃어 보였다.

"뭘. 내가 일찍 나온 건데."

둘은 바로 앞 정거장에서 버스를 탔고 일곱 정거장을 지나 하차했다. 둘은 계획대로 곧장 〈애니 헤븐〉으로 가는 대신 크로플을 먹기 위해 근처 디저트 카페에 들렀다.

"너랑 꼭 한번 와보고 싶었던 데거든. 여기 크로플 엄청 맛있대. 인스타에서 유명한 가게라던데."

서현은 포크를 집기 전 핸드폰으로 사진부터 찍었다. 서현의 말대로 딸기와 크림을 얹은 크로플은 정말 맛있었다. 둘은 카페에서 나와 골목을 돌면서 옷이며 액세서리를 판매하는 아기자기한 가게들을 하나하나 둘러보았다. 이렇게 기분이 좋았던 게 얼마 만인지 하리는 기억도 나지 않았다. 서현은 귀고리며 반지 따위를 들어 보이며 "이거 예쁘지 않아?"

"이건 어때?" 하리의 의견을 묻곤 했다.

〈애니 헤븐〉은 상상했던 것보다 훨씬 크고 볼거리가 많았다. 하리는 용돈을 탈탈 털어 만화책 세 권과 〈미스터리 타운〉 굿즈를 샀다. 〈애니 헤븐〉에서 나와 에스컬레이터에 올랐을 때 서현이 부스럭거리며 쇼핑백에서 뭔가를 꺼냈다.

"받아."

"이게… 뭐야?"

얼결에 손을 뻗으며 하리가 물었다.

"가방에 달고 다니라고. 똑같은 걸로 두 개 샀거든. 네 거 하나, 내 거 하나."

서현이 건네준 건 욜리 캐릭터가 장식된 열쇠고리였다. 지우에게 받은 토끼 인형 열쇠고리는 고리 부분이 고장난 채로 아직까지 책가방 앞주머니에 들어 있었다. 예상치 못한 상황에 감격해서인지 하리의 목소리가 작아졌다.

"나는 아무것도 못 샀는데."

"뭐 어때. 우리 지금 바로 달아볼래?"

"그래!"

하리가 선물받은 열쇠고리를 크로스백에 매달았다. 두 소녀의 가방 옆에서 욜리가 춤추듯 달랑거렸다.

돌아오는 버스 안에서 둘은 맨 뒷자리에 앉아 수다를 떨었다. 서현이 과학 선생님의 말투를 흉내 내자 하리는 다른 승객들이 자신을 흘끔거리는 것도 모르고 눈물까지 흘리며 폭소했다.

둘은 버스에서 내려 횡단보도로 걸어갔다. 그때 인도 옆에서 누군가 다가오더니 어 하는 소리를 내며 그 자리에 멈추었다.

“너희들….”

하리가 뒤를 돌아보았다. 서현도 그제야 나은의 등장을 알아챈 모양이었다. 반가운 기색이 역력하던 나은의 눈초리가 순식간에 굳어졌다.

둘의 복장을 위아래로 훑던 나은이 따지는 듯한 말투로 물었다.

“어디 다녀오는 길이야?”

“저기, 그게.”

하리가 더듬거렸다. 서현이 대신 설명하고 나섰다.

“우리? 시내에 놀러 갔다 왔지.”

“거긴 왜?”

“만화책도 구경하고 굿즈도 사고.”

상처 입은 듯한 나은의 반응에도 서현은 몹시 태연하게 굴었다. 하리의 손에 들린 쇼핑백을 흘끔거리며 나은이 재차 물었다.

"너희들끼리… 다녀온 거야?"

"너는 그런 데 관심 없잖아. 저번에 같이 가자고 했을 때도 싫다고 했으면서."

"그건 그때 일이고. 너랑 하리 둘 다 가는 줄 알았으면 당연히 따라갔지."

나은의 눈시울이 붉어졌다. 하리는 그런 나은의 모습을 지켜보는 것이 즐겁지 않았다.

이 모든 갈등의 원인이 자신에게 있다는 걸 알고 있었으니까. 저 둘 사이의 반목을 방관했으니까. 서현의 관심을 독차지하며 우쭐해했으니까. 나은이 외면당하는 걸 두 손 놓고 구경만 하고 있었으니까.

"나은아, 너를 속상하게 하려는 의도는 없었어. 미안해."

하리가 사과하자 서현이 대뜸 신경질을 부렸다.

"우리가 왜 미안해해야 하는데? 무슨 잘못을 했다고."

나은이 못 참겠다는 듯 고함을 질렀다.

"서현이 너 진짜 너무하는 거 아냐?"

서현이 입을 꾹 다물었다. 이 이상 항의해봤자 소용없다는 걸 깨달았는지 나은이 뒤돌아 걷기 시작했다. 하리가 쫓아가려고 했지만 서현이 팔을 잡고 놓아주지 않았다.

"내버려둬. 저러다 괜찮아질 거야. 재 성격 알잖아. 얼마 못 갈 거야."

나은이 뛰다시피 하며 횡단보도를 건넜다. 곧 신호등의 불빛이 바뀌었다. 빨간불. 정지 신호. 하리는 멀어지는 나은을 바라보는 수밖에 없었다.

202X년 6월 2일

오랜만이야. 그동안 뜸했지?

지우 얘기를 먼저 해야겠지? 있지, 나는 이제 지우와 연락을 주고받지 않아. 어쩔 수 없지. 우리에게는 각자의 생활이 있는걸.

나는 여기에, 지우는 거기에. 그 거리를 좁히는 게 불가능하다는 걸 지금은 알아.

몇 가지 사건을 겪기는 했지만 우리는 대체로 잘 지내. 그 우리가 누구냐고? 물론 나와 서현과 나은이지.

하지만 모르겠어. 셋은 정말로 둘보다 좋은 숫자일까. 앞으로 우리에게는 무슨 일이 벌어질까.

다음날 아침 자기 자리에 가방을 던져놓은 나은이 굳은 얼굴로 슬금슬금 서현에게 다가왔다. 그런 다음 팔꿈치로 책상 앞에 앉아 있던 서현의 어깨를 툭 건드렸다.

"어쭈, 이젠 인사도 안 하기냐?"

책에서 눈을 뗀 서현이 기다렸다는 듯 맞받아쳤다.

"인사는 네가 먼저 해야지. 오늘은 지각 안 했네?"

나은의 얼굴에 울컥하는 표정이 떠올랐다. 잔뜩 긴장한 채로 둘을 지켜보던 하리가 들리지 않게 한숨을 쉬었다. 나은이 깔깔거리며 서현을 와락 끌어안았다.

표면적으로는 아무런 문제도 없어 보였다. 그 일이 있은 뒤에도 나은과 서현과 하리는 이전과 다름없이 친하게 지냈다. 쉬는 시간마다 모여 수다를 떨었고 간식을 나눠 먹었으며 3반 반장과 우연히 마주칠 때마다 기묘한 침묵을 고수한 채로 눈동자를 굴렸다.

하리는 그제야 안심할 수 있었다. 이 우정은 깨지지 않을 것이다. 하리는 친구들과 계속 연결돼 있을 수 있었다. 소속감을 느낄 수 있었다. 그건 하리에게 매우 중요한 감각이었다. 혼자 외롭게 단절돼 있지 않다는 것.

그러나 그 이면으로 하리는 서현과 둘만의 유대를 이어가고 있었다. 서현이 인스타그램에 올린 포스팅에 좋아요를 눌렀고 채팅방에서 〈미스터리 타운〉 새 시즌에 대해 떠들었다. 나은과 함께 있는 동안에는 그런 사실을 들키지 않으려고 노력했다. 따로 말을 맞춘 적은 없었지만 서현 역시 그런 듯했다.

하리는 자신이 서현을 훨씬 친밀하게 여긴다는 걸 나은이 몰랐으면 했다. 그때는 그것이 나은을 배려하는 방법이라고 믿었다. 죄책감에서 눈을 돌리고 못 본 척하면 괜찮아질 거라고 스스로를 설득했다. 그러면서도 그런 행동이 나은을 고립시키리라는 걸 뻔히 예상하고 있었다.

모든 사람과 친할 수는 없잖아.
적당히 잘 지내는 척하는 거지, 뭐.

어느 날 채팅으로 대화를 주고받으며 서현은 나은이 예전부터 껄끄러웠다고 토로했다. 알고 보니 둘은 부모님의 친분으로 가까워진 관계였다. 서현의 말에 따르면 자기 부모님과 나은의 엄마가 대학 선후배 사이라고 했다.

걔 사람 은근 부담스럽게 만들지 않니?
한두 번도 아니고. 걘 예전부터 항상 그랬어.

서현의 말투는 하루가 다르게 신랄해졌다. 하리는 서현의 얘기에 찬성하는 척해놓고 매번 그러지 말았어야 했다고 후회했다.

그날 수업이 끝났을 때는 비가 내리고 있었다. 학교에서 나온 셋은 우산을 펼쳐 들고 물웅덩이를 피해 조심조심 걸었다. 나은은 운동화가 젖는 게 싫다며 연신 투덜거렸다. 빗방울을 머금은 수목들이 산뜻해 보였다. 하리는 비 오는 날을 싫어하지 않았다.

셋은 도서관 앞 사거리에서 헤어졌다. 나은은 주택가에, 하리와 서현은 인근의 다른 아파트 단지에 살고 있어 대개 그곳에서 인사를 나누곤 했다.

하리가 관목이 우거진 산책로를 지날 무렵이었다. 주머니 속에서 핸드폰이 진동했다.

이대로 집에 가기 아쉽지 않아? 잠깐 만날래?

카카오톡 메시지를 확인하는 하리의 뺨에 보조개가 팼다. 서현이었다. 하리가 발길을 돌리며 채팅창에 재빠르게 메시지를 쳐 넣었다.

나은이한테 같이 보자고 메시지 보내볼까.

뭘 나은이까지. 그냥 우리끼리 만나.

하리가 이래도 괜찮을까 걱정하는 동안에도 메시지는 이어졌다.

코인노래방은 어때?
너 저번에 노래방 가고 싶다고 했잖아.

눈을 들어보니 공원 맞은편에서 서현이 팔을 휘휘 젓고 있는 것이 보였다. 하리는 자신도 모르게 활짝 웃고 말았다. 서현이 하리에게 달려왔다.

우산 위로 빗방울이 떨어지는 소리가 명랑했다. 너무 가깝게 붙어 있어서인지 우산 끝이 자꾸 부딪치자 서현이 제안했다.

“우산 하나를 나눠 쓰는 거야.”

“그래, 좋아.”

서현의 우산이 커서 둘은 그걸 같이 쓰기로 했다. 오른발, 왼발, 오른발, 왼발. 하리는 서현과는 굳이 맞추지 않아도 걷는 발이 저절로 일치하는 것이 신기했다.

하리가 손에 든 우산을 앞뒤로 흔들면서 재잘거렸다. 누가 옆을 지나는 줄도 모르고. 그러다 불현듯 발길을 멈추었다. 서현이 어리둥절한 표정으로 고개를 돌렸다.

거기에 나은이 서 있었다. 눈가가 빨갛게 부어올라 있는 것이 울음을 터뜨리기 직전처럼 보였다. 이런 데서 마주칠 줄은 몰랐는데. 어딜 가고 있었던 걸까. 놀란 하리가 얼른 시선을 깔았다.

“너희들… 여기서 뭐 해?”

나은이 떨리는 목소리로 물었다.

“그게, 어쩌다보니, 도서관 앞에서 우연히 다시 마주쳐서.”

하리가 몇 마디를 우물거렸다. 나은이 무슨 변명이라도 해보라는 듯 서현을 응시했다. 서현이 나은의 눈길을 피한 채로 우산 손잡이를 부서져라 꽉 그러쥐었다.

나은이 내처 쏘아붙였다.

"대답해봐, 왜 나를 따돌리는 건데?"

"따돌리다니 우리가 언제."

코웃음을 섞어 대답하는 서현의 어조가 냉랭했다.

"아니라고? 정말 아니라고 말할 수 있어? 지난번에도 둘이 주말에 따로 만나놓고."

"야, 이건 따돌림 같은 게 아니라…."

서현이 방어적으로 중얼거렸다. 나은이 하리를 쏘아보며 내뱉었다.

"이하리, 너한테 실망했어."

"저기, 나은아."

하리가 손을 뻗었다. 나은이 성난 표정으로 난폭하게 몸을 피했다. 우산을 기울여 든 탓에 굵어진 빗줄기가 나은의 머리카락을 적시고 있었다.

"나는 빠져줄게. 둘이서 잘 지내봐."

나은이 빗속을 뚫고 달려갔다. 하리는 나은을 잡을 수 없었다.

202X년 6월 23일

어느새 봄이 저만큼 멀어진 게 느껴져. 벌써 여름이 오다니. 계절이 바뀐다는 게 놀랍지 않니? 그건 나 역시 변화하고 있다는 뜻이겠지만.

있잖아, 나는 올해 봄 내게 무슨 일이 벌어졌는지 돌이켜보곤 해. 지우가 떠났고 나은, 서현, 유빈과 가까워졌고 다투고 화해하고 그러다 다시 멀어지고.

우정이란 뭘까. 친구 사이는 어떻게 이어갈 수 있는 걸까.

중요한 건 제자리에 멎어 있는 건 아무것도 없다는 사실일 거야. 그러니까 적어도 매일 노력할 수는 있겠지. 구름이 흐르고 바람이 부는 속도를 따라잡을 수는 없어도.

오늘은 스탠드에 앉아 있던 내게 나은이 말을 걸어주었던 순간을 떠올렸어. 그때 나은의 행동이 얼마나 다정한 것이었는지 버릇처럼 또다시 헤아려보았지.

그런 작은 기억들을 가슴속에 품고 있으면 우리는 더이상 서로를 상처 입히지 않게 될까. 솔직히 말하면 그렇지는 않은 것 같아. 하지만 서로 맞춰가며 양보하는 과정 역시 우정의 일부라는 생각이 들어. 옆에 선 누군가를 외면하지 않는다면, 맞잡은 손을 놓지 않는

다면 관계는 점점 커지며 넓어질 수 있잖아?
그러니까 둘이니 셋이니 홀수니 짝수니 하는 것들은 상관없는 것 같아. 우정은 손에 손을 잡고 함께 만든 원 같은 거니까.

나은은 셋이 있던 단체 채팅방에서 곧장 나가버렸다. 하리가 사과의 뜻을 담아 보낸 메시지에도 응답하지 않았다.

다음날 나은은 보란듯이 유빈, 희수 무리에 합류했다. 필통을 달그락거리며 서현은 어처구니없다는 듯 입술을 비죽거렸다.

"흥, 얼마나 갈지 두고 보자고."

서현이 화난 눈초리로 나은을 곁눈질할 때마다 하리는 안절부절못하며 시선을 떨구었다.

나은은 이전보다 더욱 큰 소리로 웃었고 더욱 시끄럽게 떠들었다. 마치 하리와 서현에게 시위라도 하는 것 같았다. 그러나 하리의 눈에는 그런 나은이 기뻐 보이지 않았다. 나은은 그 무리에서도 겉돌고 있는 듯했다.

며칠 뒤 서현과 함께 귀가하던 하리는 거리에서 우연히 희수 무리와 마주쳤다. 나은은 혼자 뒤처진 채로 고개를 숙이고 있었다. 걱정스러운 눈빛으로 그 모습을 바라보던 하리를 서현이 잡아당겼다.

"너도 참. 그만 신경써."

언젠가부터 하리는 서현을 예전만큼 좋아할 수 없었다. 하리는 생각했다. 내가 서현에게 호감을 품게 된 건 나은이 곁에 있어서가 아니었을까. 나은의 떠들썩한 명랑함이 서현의 냉소적인 단호함과 좋은 짝을 이루었기에. 그래서 서현이 빛나 보였던 게 아닐까. 우리 셋이 그토록 잘 어울렸던 게 아닐까.

그러는 동안 둘 사이에 대화가 점차 줄어들었다. 인스타그램에 새 포스팅을 올리는 횟수도 드물어졌다.

하리는 모른 척할 수 없었다. 우정이라는 나무가 시들어버리도록 이대로 놓아둘 수 없었다.

서현도 그런 하리의 마음을 눈치챘는지 몰랐다. 그날 급식실에서 나온 하리가 잠깐 운동장으로 나가자고 제안했을 때 평소와 달리 불평 한마디 하지 않고 순순히 따라와준 걸 보면. 실은 서현 역시 나은에게 미안해하고 있었는지 몰랐다. 겉으로는 불쾌한 시늉을 해도 속으로는 나은에게 사과할 순간을 기다리고 있었는지도. 서현은 하리보다 훨씬 오랫동안 나은과 부대끼며 가깝게 지냈으니까.

건물을 나오면서부터는 서현의 발걸음이 더 빨라졌다. 어쩌면 서현도 하리처럼 나은이 혼자 급식실을 빠져나가는 모습을 지켜보고 있었을까.

한낮의 볕이 내리쏟아지는 운동장이 새하얬다. 간간이 반소매 상의를 입은 학생들이 눈에 띄었다. 농구 코트에서 남자애들이 농구 시합을 하고 있었지만 둘은 그쪽으로는 눈길조차 주지 않고 스탠드를 지났다. 그러다 마침내 찾을 수 있었다.

나은이 플라타너스 옆 벤치에 혼자 앉아 있었다. 지난 봄날의 하리처럼. 어깨를 늘어뜨린 채로.

하리가 나은에게 다가갔다. 그러나 무슨 말을 건네야 할지 몰라 입술만 달싹였다.

먼저 말문을 연 건 서현이었다.

"날씨가 엄청 좋지."

나은의 어깨가 움찔했다. 망설임 끝에 서현이 물기 어린 목소리로 덧붙였다.

"미안. 내가 잘못했어."

그 말이 떨어지기 무섭게 하리가 성큼 앞으로 걸어 나왔다.

"우리 같이 들어가자."

'들어갈까'보다 가깝고 '들어갈래'보다도 더 가까운 어디쯤. 그들은 아직 친구였으니까.

하리가 나은의 오른손을 잡았다. 서현이 나은의 왼팔에 얼른 팔짱을 꼈다. 나은이 눈물을 글썽이며 웃음을 터뜨렸다.

그들은 함께 걷기 시작했다. 셋은 때로 완벽한 숫자였으니까. 바로 옆 친구에게 손 하나를 내어줄 수 있다면.

형이
죽었다
정해연

1

형이 죽었다.

마치 전교 1등이 자기 자리인 듯 한 번도 놓친 적이 없는, 성격도 좋아 친구도 많은, 꿈이 정의로운 검사인, 그래서 엄마의 자랑이고 아빠의 희망이었던, 별명조차 엄친아였던 형이, 바닥이 없는 엘리베이터에 타기라도 한 것처럼 학교 옥상에서 떨어져 죽었다.

"안 돼, 우리 인욱이 안 돼!"

화장장으로 들어가는 관을 보며 엄마는 울부짖었고, 아빠는 쓰러질 듯 핏기 없는 얼굴로 엄마를 부축하며 소리 없이 눈물을 흘렸다. 사람들은 울지 않는 나를 가끔 힐끔거렸다.

알고 있다. 형이 죽었는데도 울지 않는 게 이상하다는 것을. 하지만 눈물이 나오지 않았다. 나는 그냥, 이해가 안 갔다. 모든 걸 다 가진 형의 죽음을 나는 아직 이해할 수 없다.

경찰이 내린 결론은 자살이었다. 옥상에는 형의 가슴 위까지 올라오는 안전 바가 설치되어 있었기 때문에 사고사일 수는 없다고 했다. 두 번째 이유로는 시신에 다툼의 흔적이 없다는 것이었다. 하지만 형이 뒤돌아서 있는 사이 갑자기 누군가 양쪽 발목을 쥐고 들어올려 난간 위로 넘겨버린 거라면? 자신을 죽일 의도가 전혀 없다고, 형이 믿는 사람이라면 한번 싸워볼 새도 없이 옥상 바깥으로 떨어질 수 있는 게 아닐까? 경찰 역시 그런 가능성을 아예 닫아놓은 것은 아니라고 했지만, 결정적인 근거는 형의 유서였다. 그 유서는 형의 책상 서랍에 들어 있었다.

나 역시 그 유서를 읽었다. 깔끔하고 정갈한 필체는 두말할 것도 없이 형의 것이었다. 그 유서에는 엄마에 대한 고마움과 미안함, 그리고 아빠에 대한 존경과 사랑이 적혀 있었다. 그 안에 나는 없었다. 내게 남길 이야기는 하나도 없는 것처럼 유서는 그렇게 끝나 있었다.

장례식장에서 울지 않는 나를 보면서 사람들은 우리가 사이가 안 좋은 형제라고 생각했을지도 모른다. 아니, 거의 확실하다. 형은 죽으며 남긴 유서에 동생에 대한 걱정이나 사랑은 전혀 언급하지 않았고, 동생은 형의 죽음 앞에서 눈물 한

방울 흘리지 않으니 그렇게 생각해도 무리는 아니었다.

하지만 사실이 아니다. 형과 나는 둘이 죽고 못 사는 정도는 아니었더라도 꽤 좋은 형제 사이였다. 형과 달리 나는 공부를 무척이나 못했고, 부모님의 모든 기대는 형에게로 향했다. 가족 여행 일정은 형을 위주로 짜였고, 하다못해 외식까지도 형에 맞춰졌지만 그렇다고 형을 질투하지는 않았다. 기타를 치고 싶어하는 나를 위해 형은 용돈을 모아 기타를 사줬다. 부모님에게 들키지만 말라고 해서 기타는 친구네 집 지하실에 두었다.

형은 나에게 유튜브를 해보라고도 했었고, 어느 오디션 프로그램에 나가보라고도 했었다. 고3이라 공부로 바쁜 와중에도 내가 요즘 무엇에 관심이 생겼는지 챙기는 그런 형이었다. 나도 형이 1등을 할 때마다 벌어지는 축하 파티에 열심히 손뼉을 쳐줬다. 형처럼 용돈을 모아 선물을 해주지는 않았지만, 그 박수만큼은 진심이었다.

그랬던 형이 내게 단 한마디도 남기지 않고 죽었다.

나는 형의 죽음이 뭔가 잘못된 거라고 생각한다.

장례를 마치고 벌써 일주일이 지났다. 아무 말도 없이 아침만 되면 뭔가에 홀린 듯 출근을 하는 아빠는 마치 좀비 같았다. 입술은 허옇게 갈라져 있었다. 회사에 가면 일이나 제대로 할까 싶은 생각이 들었지만, 알고 있다. 아빠는 지금 뭐라도 하지 않으면 미칠 것 같은 심정일 것이다. 엄마는 거의 식음 전폐 상태였다. 나와 아빠를 위해 식사를 차리기는 하지만 엄마는 숟가락을 몇 번 채 움직이지 않고 항상 내려놓았다. 형의 죽음을 받아들이지 못하는 것은 나만이 아니었다. 아빠와 엄마에게는 형을 떠나보낼 아주 많은 시간이 필요했다. 그 시간 동안 나는 숨죽인 채로 있어야만 할 것 같았다.

나는 잠시 물을 뜨러 나왔다가 텅 비어버린 거실을 새삼 둘러보았다. 이 아파트에 들어올 때 엄마가 세심하게 골랐던 4인용 소파와 그 위에 남은 생활의 흔적들, 소파 맞은편에 있는 티브이, 과일을 먹거나 여행 일정을 짤 때면 종이를 꺼내놓고 다 같이 둘러앉던 테이블. 모든 것은 그대로였지만 그동안 내가 알던 집이 아닌 것 같았다. 모든 물건은 온기를 빼앗긴 채 얼어붙어 있었다.

'형, 이 집은 형과 같이 죽어버렸어.'

정수기에서 물을 받는데 초인종이 울렸다. 엄마는 안방에 있을 것이 분명했지만 내다보지도 않았다. 얼른 인터폰으로 다가가 보니 누가 봐도 인상이 좋아 보이는 두 명의 아주머니가 얼굴을 들이밀고 있었다.

"누구세요?"

"엄마 친구야."

나는 곤란한 얼굴로 안방 쪽을 슬쩍 보았다. 엄마가 잠이 들었는지 아닌지는 알 수 없지만 아무도 만나고 싶어하지 않을 것은 분명했다. 그럼에도 엄마의 친구 분들을 그냥 돌려보내도 될지 알 수 없었다. 일단 사정을 얘기해보기로 했다.

"아. 엄마가 지금…."

"괜찮아. 열어봐."

형의 장례식에 왔었던 분들일까? 이미 형이 죽은 사실을 알고 계신 것 같았다. 아무래도 엄마를 위로하러 오신 듯해서 나는 그냥 문을 열었다. 잠시 후 안으로 들어온 두 사람은 우산을 들고 있었다. 비였다. 비가 오는 줄도 몰랐다. 형이 죽을 때도 몰랐으니, 세상의 흐름을 알 자격도 없다는 듯 우리집 거실에는 암막 커튼이 쳐져 있었기 때문이었다. 두 사람은 조심스럽게 우산의 물기를 털며 나를 응시했다. 그중 안경을 낀 쪽이 나에게 말했다.

"너무 어릴 때 봐서 우리 못 알아보지? 엄마 친구들이야.

우리는 너 어릴 때 많이 봤어."

장례식에 왔었다면 그때도 봤겠지만, 그 이야기를 꺼내지 않는 것은 일종의 배려 같았다.

"안녕하세요."

나는 허리를 꾸벅 숙여 인사했다. 안경을 끼지 않은 아주머니가 미소와 함께 내 어깨를 두드렸다.

"아주 멋진 청년으로 자랐네."

그런 칭찬은 늘 형의 몫이었던 터라 나는 어떻게 반응해야 할지 몰랐다. 안경을 낀 아주머니가 어색함을 깼다.

"많이 힘들지?"

나는 내가 지금 힘들어하는 건지 아닌지조차 알 수 없었다. 그냥 멍한 기분이다. 형을 생각할 때마다 '왜?' 하는 의문만 떠올랐다. 난 괴롭지 않다고 말할 수는 없어서 돌려 대답했다.

"엄마가 좀…."

"그래, 네가 고생이다."

나는 아무 고생도 하지 않는다. 그게 민망해 나는 가만히 있었다. 두 분은 내 어깨를 다시 힘주어 두드리고는 머리도 한번 쓰다듬었다. 그 손길이 꽤 따뜻했다.

"엄마는 방에 계시니?"

"네. 저쪽이에요."

두 사람은 고개를 끄덕이고는 거실을 통과해 안방으로 향했다. 거실 암막 커튼을 보고 신경이 쓰이는 듯했지만 별다른 말은 하지 않았다. 안경을 낀 아주머니가 조심스레 노크했다. 대답은 없었지만, 문을 열었다. 그러고는 안으로 들어갔다.

나는 왠지 모르게 안절부절못했다. 손님을 들여보내기 전에 엄마에게 먼저 알렸어야 하는 게 아닐까. 이대로 내 방으로 돌아가도 되는 걸까. 아니면 뭔가 대접이라도 해야 하나. 그러는 사이 안에서는 격렬한 울음소리가 들렸다. 엄마의 것이었다. 사이사이에 아주머니들의 목소리와 흐느낌이 있었다.

울음이 점차 잦아들 무렵 나는 어느새 사과가 담긴 접시를 들고 안방 앞에 서 있었다. 처음 깎아보는 사과라 쉽지는 않았지만, 접시 위에 과일 포크를 얹는 것을 잊지 않았다. 주말에 간혹 손님이 오면 형이 하던 행동이 떠올라 따라 해본 것이다. 노크하고 안으로 들어갔다.

"어머! 네가 사과를 깎았니?"

눈가가 벌게진 채로 안경을 낀 아주머니가 눈을 휘둥그레 떴다. 엄마의 눈은 충혈되어 있었고, 머리는 엉망이었다. 장례를 치른 후 식사를 제대로 하지 않아 눈 밑이 검었다. 안경을 끼지 않은 아주머니가 엄마의 무릎에 손을 얹었다.

"아들 참 잘 키웠네. 우리집 그놈은 손님이 와도 인사할 줄도 모르는데."

"뭘…."

그렇게 말하는 엄마의 입가에 어색한 미소가 걸렸다. 형이 죽은 후 처음으로 보는 미소였다.

2

형이 죽은 후 처음 봤던, 그것도 나에게로 향한 엄마의 미소가 왠지 큰 의미로 다가왔음을 인정하지 않을 수 없다. 그제야 나는 이 집에 남은 단 하나의 아들이라는 생각이 들었고, 그 생각은 큰아들을 잃고 무너져가는 두 사람의 기둥이 될 것은 나 하나뿐이라는 생각으로 이어졌다. 아주 오래전 어릴 때, '아빠가 없을 때는 네가 가장이다'라고 형에게 당부하던 아빠의 말도 떠올랐다. 아빠가 없는 건 아니지만, 이제 형이 없으니 그 역할을 내가 해야 할 것 같았다. 엄마가 아프면 형이 뭘 했을까를 한참 동안 고민했다.

다음날 아침, 내가 엄마를 위한 죽을 끓이고 있을 때, 엄마는 등뒤에서 날 안으면서 울었다.

"너밖에 없다. 정말."

학교에 데려다주겠다며 나를 차에 태운 아빠로부터 형의 빈자리를 채우려 애써줘서 고맙다는 말을 들었다. 그러자 내 안에서 뭔가 굵고 단단한 기둥이 목까지 뻗쳐 올라오는 기분이 들었다. 왠지 가슴이 뻐근해졌다.

그 이후로 나는 완전히 바뀌었다. 그렇다고 매일 아침 밥상을 차리지는 않았다. 대신 새벽이 될 때까지 책상에 앉아 공부했다. 공부를 시작한 지 일주일쯤 지났을 때부터 엄마는 내 방에 과일이며 쿠키 같은 간식을 가져오기 시작했다. 그즈음부터 나를 보는 엄마의 표정이 바뀌었다. 엄마의 얼굴에서는 서서히 슬픔이 걷히는 것 같았다. 그때 나에게는 자부심이 있었다. 우리 가족을 다시 일상으로 복귀시킬 수 있는 건 나밖에 없다는 자부심.

자식을 먼저 떠나보내놓고 밥을 먹는 것도, 잠을 자는 것조차 죄스럽다던 부모님은 이제 나를 위해 식사를 차리고 식탁에 둘러앉았다. 뒤늦게 아들이 하나 더 있다는 사실을 깨달은 사람처럼.

그런 건 아무래도 좋았다. 이제 우리집은 형을 따라 죽어 가지 않는다. 형의 명복을 빌며, 앞으로 우리는 남은 삶을 잘 살아갈 수 있을 것 같았다.

"야, 이정욱! 너 기타 우리집에 버린 거냐?"

나는 쉬는 시간에도 자리에 앉아 공부했다. 아무리 해도 형을 바로 따라잡을 수는 없을 것 같았다. 정확히 구분하자면 나는 반에서 중하위권의 성적이다. 졸업 전에 1등의 자리를 차지할 수 있을까? 그런 생각을 할 때, 기타를 맡겨두었던 친구 재민이 어깨를 쳤다. 재민의 집 지하에서 기타를 칠 때 재민도 베이스 기타를 배워 합주를 하곤 했었다.

"나 이제 기타 안 쳐. 기타는 곧 가지러 갈게. 며칠만 더 갖고 있어줘."

어차피 기타리스트를 꿈꿨던 것도 아니다. 그냥 흥미만 있었다. 그만두어도 잠깐은 아쉬울지 모르지만 오래가지 않을 것을 안다. 나는 이것저것 도전해보는 것을 좋아하지만, 어느 정도 하다보면 금방 흥미가 식어버리곤 했다. 그렇다고 기타를 버릴 수는 없었다. 형이 사준 거니까. 형은 꿈이 없다고 말하는 동생에게 많은 경험을 하게 해주고 싶어했다. 관심이 조금이라도 있어 보일라치면 어떻게든 직접 경험해보게 해주었다. 꿈은 그냥 오지 않는다고, 꿈은 이것저것 하다보면 첫사랑처럼 찾아온다고도 말했다.

'아우, 느끼해. 무슨 드라마 찍냐!'

형의 침대에 드러누워 책상에 앉아 있는 형에게 헛발질을 해댔지만, 진심은 아니었다. 사실은 고마웠다.

"기타를 왜 안 쳐?"

재민이가 눈을 휘둥그레 떴다. 나는 웃으면서 고개를 저었다.

"어차피 기타리스트 될 것도 아니고, 음악 쪽으로 가고 싶은 것도 아니었어. 나중에 대학 가면 취미로나 할래."

"뭐? 그럼 뭐 하려고?"

나는 당연하다는 듯 대답했다.

"대학 간다니까."

재민은 내가 귀신에라도 씐 게 아닌가 싶은 얼굴로 나를 한참이나 응시했다. 수업 종이 울리자 자신의 자리로 돌아갔지만, 여전히 의혹이 가득한 표정을 풀지 않았다.

'나는 공부할 거야.'

좋은 아들이 되고 싶다. 부모님의 자랑이 되는 아들, 힘든 하루를 살아내는 이유가 될 수 있는 그런 아들. 그리고 나는 절대 죽지 않을 것이다.

거기까지 생각했을 때, 나는 그런 선택을 한 형을 조금은 미워하고 있는지도 몰랐다.

그날 수업이 끝난 후 나는 세 군데쯤 학원을 둘러볼 계획이었다. 그런 결정을 내린 것은 아침의 일이었다.

"학원에 안 다녀도 괜찮겠어?"

엄마는 밥을 떠서 입에 넣는 나에게 조심스레 물었다. 나는 엄마를 보았다.

"너 요즘 공부에 부쩍 관심이 생긴 것 같아서. 넌 수학이랑 영어가 약하니까 이참에 학원에도 다녀보면 좋을 것 같은데. 형이 다니던 학원이 여기서 최고인 건 알지?"

"아, 학원은 생각 안 해봤는데…."

그렇게 입을 열었을 때 엄마의 표정을 보았다. 홍조를 띤 얼굴로 상체를 내밀고 있는 적극적인 모습이었다. 간만에 기분 좋아 보이는 엄마를 다시 우울의 늪에 빠지게 하고 싶지 않았다. 형이 다니던 학원. 내가 그 자리를 채우면 엄마는 다시 힘을 낼 것 같았다.

"엄마 말이 맞네. 이참에 학원도 다녀야겠어. 수능도 먼 얘기가 아니니까."

화색이 도는 엄마의 표정에 나는 조금 신이 났다. 그래서 나도 모르게 독서실도 끊고 싶다고 했다. 엄마가 기뻐하길 바랐고, 그 바람이 이루어졌다. 그간 엄마의 관심은 주로 형에게 향했다. 나에게 공부 같은 건 기대하지 않았다. 그런데 이제 기대를 받으니 기분이 묘했다. 앞으로 내가 해야 할 것은 그 기대를 채우는 일이다. 늘 형에게 '형은 잠은 대체 언제 자?' 하고 물었지만, 그 질문은 이제 나에게로 향하는 것이 되어버렸다. 하지만 아무래도 상관없었다. 엄마가 기뻐하니까.

오늘은 일단 청강을 해보고 학원을 등록하기로 했다. 가방을 챙겨 들고 복도로 나갔다. 첫 번째로 들를 학원까지 지하철로 이동하는 게 좋을지, 버스가 나을지를 생각했다.

"네가 인욱이 동생이니?"

형의 이름을 듣자 왠지 심장에 쿵, 하고 뭔가 내려앉는 듯 통증이 일었다. 교실에서 나올 때 한 여학생이 안쪽을 두리번거리며 누군가를 찾고 있는 게 보였지만, 그 대상이 나라고도, 그 입에서 형의 이름이 나오리라고도 예상하지 못했다. 걸음을 멈춘 나는 천천히 뒤를 돌아보았다.

어깨까지 내려오는 어중간한 머리 길이에 키가 160센티미터도 되어 보이지 않는 작은 여학생이 서 있었다. 얼굴은 동그랗고 치열 때문인지 입이 좀 튀어나온 듯했는데 오리 같아 보여 귀여운 인상이었다. 나는 시선을 내려 여학생의 명찰을 확인했다. 이미소. 명찰이 3학년을 표시하는 노란색이었다. 혹시 형의 친구였을까?

"그런데요?"

"잠깐 나랑 얘기할 수 있을까?"

"무슨 일인데요?"

"여기서 얘기하기는 힘들어. 명동에 있는 제이노 카페 알지? 이따 거기서 볼래?"

카페의 위치 정도는 알고 있다. 우리 학교 학생들이라면 아마 절반 이상은 알 것이다. 교복을 입고 들어가도 눈치가 안 보일 정도로 손님의 대부분이 학생들이었다. 사장님이 프라 모델을 좋아하시는 분이라 가게 안은 거의 프라 모델로 꾸며져 있었다. 덕분에 에스엔에스에 찍어 올릴 만한 핫 스폿도 많다.

"저 학원 알아보러 가야 하는데요."

"그럼 내일은 어때?"

내일은 토요일이다. 오늘 학원을 등록할 생각도 아니니, 시간은 충분했다.

"근데… 선배는 누구신데요?"

갑자기 선배의 눈빛이 흐려졌다. 동그란 눈 안에 슬픔이 가득찼다. 이유는 분명하다. 형을 떠올렸기 때문이다.

"나, 인욱이 여자친구야."

표정 때문에 혹시 하고 생각은 했었지만 실제로 들으니 나는 매우 놀랐다.

"형이 여자친구가 있는 줄 몰랐어요."

형의 여자친구는 쑥스러운 듯, 씁쓸한 듯한 미소를 지었다.

"할말이 있어서. 오늘은 안 된다니 그럼 내일 제이노에서 두시 괜찮지?"

나는 엉겁결에 고개를 끄덕여버렸다. 형의 여자친구 이미소는 만족스러운 듯한 표정을 지으며 나를 지나쳐 복도를 걸었다. 나는 꼭 물어봐야 할 것을 묻지 못했다는 것을 깨닫고 얼른 뒤돌아 물었다.

"근데 무슨 얘기인데요?"

몇 걸음 채 멀어지지 못한 이미소가 걸음을 멈췄다. 처진 어깨가 왠지 무거워 보였다. 그러나 그 모습과 달리 천천히 뒤돌아보는 그녀의 눈동자는 아주 명료했다. 똑 부러지는 어조로 대답했다.

"인욱이의 죽음에 관해서야. 네 형이 죽은 이유."

나는 더 아무것도 묻지 못하고 그 자리에 선 채로 굳었다. 뒤늦게 잠깐 잊고 있었던 사실을 깨달았다.

나는 여태껏 형의 죽음을 이해하지 못하고 있다.

3

부모님께는 친구를 만나 스터디 카페에서 공부하고 오겠다고 말해두었다. 형의 여자친구였다는 사람을 만난다고 말할 수도 없거니와, 얘기하는 데 시간이 얼마나 걸릴지 알 수 없었기 때문이었다. 엄마는 더없이 흡족한 표정으로 용돈까지 주려 했지만 내가 마다했다.

"용돈 아직 남았어요."

약간 놀라워하면서도 기특하다는 엄마의 눈빛을 보니 나도 뿌듯했다.

내 방으로 돌아와 옷장을 열었다. 몸에 달라붙는 바지나 직접 스크래치한 청바지, 빈티지 야상이 가득했지만, 평범한 청바지와 푸른색 폴로 티셔츠로 골랐다. 평소 즐겨 입는 패션과는 완전히 거리가 먼 스타일이었지만 이제는 왠지 이렇게 입어야만 할 것 같았다.

거실로 나오자 소파에 앉아 차를 마시던 엄마가 뭔가 애절한 눈길로 나를 보았다.

"다녀오겠습니다."

"너무 늦지는 마."

"네. 짐심 잘 챙겨 드셔야 해요."

"그래, 그럴게. 고마워."

대답하는 엄마의 미소를 보고, 이젠 엄마도 괜찮아지는 중이라고 생각했다. 내가 있어 다행이다, 그런 생각도 했다.

약속 장소인 제이노 카페는 역시나 학생들로 북적였다. 주말인지라 다들 사복을 입고 있지만, 아무리 덩치가 크고 성숙해 보여도 학생들은 특유의 느낌이 있다. 어딘지 흥분해 있고 부산스럽다. 이미소는 그 한복판에 섬처럼 조용히 앉아 있었다. 학생 느낌이 나지 않는 고등학생도 있구나, 싶었다.

가까이 가자 그쪽에서 먼저 고개를 들었다. 예상치 못한 사람이라도 본 듯 눈이 살짝 커졌다. 그녀는 내 머리부터 발끝까지를 눈으로 빠르게 훑더니 살짝 입을 벌리며 말했다.

"인욱인 줄 알았어."

처음 들어보는 말에 나는 뒷머리를 긁적이며 자리에 앉았다.

"형제니까요."

"아니. 그런 얘기가 아니라. 이렇게 보니 평소에 인욱이가 했던 말이 뭔지 알겠네."

"형이 저에 대해 뭐라고 했나요?"

나는 놀랐다. 유서에도 나에 관한 이야기는 한 줄도 남기지 않았기 때문이었다. 갑자기 가슴 한쪽이 쓰리듯 아팠다. 그 순간 나는 형이 나에게 아무런 말도 남기지 않아서 원망하고 있는지도 모른다고 생각했다.

"일단 앉아."

나는 정신을 차리듯 얼른 맞은편 자리의 의자를 당겨 앉았다. 그러곤 재촉하듯 상대의 입술만 응시했다. 빈자리가 남지 않은 카페 안은 무척 소란스러웠지만, 그 소리들은 저멀리 어딘가로 밀려나간 것 같았다. 상대가 속삭여도 알아들을 수 있을 만큼, 나는 이미소에게 집중하고 있었다.

"난 이미소라고 해."

이름 정도는 명찰을 보고 이미 알고 있었다.

"이정욱이에요."

"알지."

"형이 무슨…."

"주문부터 해야지."

이미소의 앞에는 이미 잔이 놓여 있었다. 커피인 것 같았다. 나는 아무것도 마시고 싶지 않았다. 그래도 주문하지 않고 앉아 있을 수는 없겠지. 얼른 일어나 카운터에 가서 차가운 유자차를 주문했다. 속이 타기 시작했다. 점원이 진동 벨을 주었지만, 자리로 돌아가지 않고 주문대 근처에서 서성거렸다. 지금 자리로 돌아가면 형이 무슨 말을 했는지, 채근할 것만 같았다. 정신을 차리자, 생각하며 고개를 흔들었다.

사실 나는 형에게 여자친구가 있는 줄도 몰랐다. 하루 네 시간만 자고 공부에 매진하던 형이 여자친구라니. 어쩌면 사실이 아닌지도 모른다. 확실한 근거는 없지만 형의 여자친구라고 하는 말 자체가 거짓말일 수도 있다는 생각이 뒤늦게 들었다. 될 수 있는 한 음료가 천천히 준비되길 바랐다. 어떤 말부터 물어야 할지 나에게는 머릿속으로 정리할 시간이 필요했다. 주문대 쪽에 진열해놓은 카페의 굿즈들을 구경하는 척하다가 음료가 나오자 챙겨 들고 자리로 갔다.

이미소는 무표정한 얼굴로 나를 응시했다. 조급해지지 말자는 생각을 하며 자리에 앉아 우선 목부터 축였다. 단번에 음료의 절반이 줄었다. 컵을 내려놓을 때까지 이미소는 아무런 말도 하지 않았다. 크게 숨을 들이쉰 다음 내가 먼저 입을 열었다.

"형에게 여자친구가 있다는 얘기는 처음 들어보는데요?"

내 말에 의구심이 그대로 드러난 모양이었다. 이미소가 아무 말 없이 핸드폰을 꺼내 사진을 보여주었다. 이런 의심을 받을 줄은 이미 예상하고 있었다는 태도였다. 사진엔 이미소와 형이 나란히 찍혀 있었다. 이미소는 형의 허리를 감싸안고 있고 형은 이미소의 어깨에 팔을 두른 채 이미소의 뺨에 입술을 대고 있다. 누가 봐도 연인이랄 수밖에 없는 사진이었다. 그렇게 치열하게 공부한 형이지만 여자친구 만들 시간은 있었던 모양이다.

알았다는 듯 고개를 끄덕이자 이미소가 핸드폰을 거뒀다.

"근데 제게는 무슨…."

"형이 왜 죽었는지 궁금하지 않아?"

심장에 전류가 흐르듯 통증이 왔다. 척추가 서서히 굳어버리는 기분이었다. 그동안 내가 도저히 이해할 수 없었던 것을 가족이 아닌, 처음 보는 사람의 입으로 들을 줄은 상상도 하지 못했다.

"선배님은 알고 계신다는 말이에요?"

"알아."

"어떻게요?"

경찰은 유서 이외에는 발견한 것이 없다고 했었다. 설마 형이 죽기 전 여자친구에게 따로 말을 남겼다는 의미는 아니겠지? 그건 말도 안 된다. 그렇다면 당연히 이미소는 형을 말렸어야 한다.

"인욱이가 죽기 전날 밤에 우리집 앞까지 왔었어. 그런 선택을 할 거라고 알아채지 못한 게 너무 가슴 아파."

가만히 생각해보니 편의점에 간다며 집을 나서는 걸 봤던 기억이 있다. 나는 형이 나가는 걸 보고 물을 한잔 마신 다음 내 방으로 돌아와 잠들었기 때문에 형이 몇 시에 돌아왔는지 알지 못했다.

"형이 뭐라고 했는데요?"

"울었어."

"울어요?"

나는 놀랐다. 형이 우는 걸 단 한 번도 본 적이 없었기 때문이었다. 대체 무슨 일 때문에?

"그래. 펑펑 울더라. 그렇게 우는 걸 나도 처음 봐서 당황했어."

"형이 뭐라고 했죠?"

"너무 힘들다고 했어."

뭐가 그렇게 힘들었을까? 남들이 다 부러워하는 형에게 대체 어떤 고민이 있었던 걸까. 가장 먼저 떠오르는 건 혹시 왕따라도 당하고 있었던 건 아닐까? 하는 생각이었다. 하지만 그렇다고 하기엔 형 주변엔 늘 사람들이 많았다. 형에게는 사람들을 끌어당기는 오라가 있을지도 모른다는 생각을 한 적도 있다. 아무리 생각해도 나는 알 수 없었다. 이미소는 정답을 알고 있을 것 같았다.

"뭐가 그렇게 힘들었다고 하던가요?"

"너희 부모님의 기대를 채우기가."

"네?"

당황한 내가 되묻자 이미소는 앞에 놓인 커피잔을 들어 한 모금 마셨다. 다시 커피잔을 내려놓는 이미소의 눈가에 그늘이 내려앉았다.

"부모님 기대를 도저히 채울 수 없을 것 같다고 울었어. 이번엔 안 될 것 같다고. 지금이 최선인데, 틀렸다고. 그렇게 두

서없이 말하며 울었어."

비행기가 갑자기 이륙했을 때처럼 귓가가 멍해졌다. 낮은 이명도 들리는 것 같다. 나는 더욱 이해할 수가 없었다. 형은 이미 부모님의 기대를 넘치도록 채웠다. 형의 삶을 다들 부러워했다. 운동도, 공부도 잘하는 데다 잘생긴 외모에 큰 키까지. 그런 사람이 대체 왜 그런 생각을 했는가.

"평소에 형이 저에 대해 했다는 말은 뭐였어요?"

이미소는 잠시 생각한 다음 결심했다는 듯이 나를 똑바로 응시했다. 마치 형이라면 이런 표정으로 말했을 거라고 생각하는 것 같았다.

"너는 그렇게 살지 않았으면 좋겠다고."

나는 아무것도 알 수 없는 기분이 되었다.

4

월요일, 학교에 갔을 때, 나는 이미소가 다시 날 찾아오지 않을까 생각했었다. 그러나 이미소는 오지 않았다. 형이 했던 말을 나에게 전해주는 것이 목표의 전부였던 듯하다. 처음 날 찾아왔을 때 이미소는 형이 죽은 이유에 대해 알려준다고 했지만, 이미소를 만난 뒤에도 나는 그 이유를 찾을 수가 없었다. 오히려 더 혼란스러워진 기분이다.

기대를 채우기가 힘들었다고?

나는 문득 형이 죽기 전날 밤의 일을 떠올렸다. 그날은 엄마와 아빠가 작은 말다툼을 벌인 날이었다. 형의 유학 문제 때문이었다. 엄마는 형을 유학 보내고 싶어했다. 형에게는 이 좁은 대한민국보다 미국의 최고 명문 대학이 걸맞다고 했다. 그러니 집을 작은 곳으로 옮기고 거기서 나온 돈으로 형의 뒷바라지를 하겠다고 엄마는 선언했다. 형의 유학길을 따라가겠다는 것이었다. 아빠는 그 부분에 불만이 있는 것 같았다. 약간 언성이 높아질 때쯤 싸움은 중단되었다. 어차피 형이 가겠다고 한 것도 아니기 때문이었다. 형과 얘기를 해보고 결정하자는 것이 마지막 대화였다.

형도 그 얘긴 들었겠지. 혹시 그게 부담스러웠을까?

책상에 앉아 그런 생각을 하고 있다가 문득 고개를 들어보니 주변이 소란하다. 지난번 중간고사의 성적표가 발송되어 아마 오늘쯤 도착할 모양이었다.

"이건 어때? 오늘 학원 째고 집에 열나게 가서 성적표를 숨기는 거야."

장난기가 가득한 얼굴의 재준이 말하자 연우가 혀를 끌끌 찼다.

"멍청이니? 어차피 성적표 도착 안 해도 나이스 학부모 서비스에서 바로 조회할 수 있는 거 몰라?"

주변의 친구들이 까르르 웃는다. 내가 가만히 있는 것을 알아챈 재민이 어깨에 팔을 걸치며 말했다.

"오, 이정욱! 가만히 있는 거 보니까 성적 좀 잘 나왔나본데?"

본격적으로 공부하기 전에 봤던 시험이니 그럴 리는 없었다.

"우리 엄마 아빠는 성적 가지고 많이 쪼는 타입 아냐."

"좋겠다."

그때 어떤 생각이 머릿속을 빠르게 스치고 지나갔다. 1교시 수업이 시작되었지만, 도저히 집중할 수 없었다. 이내 3교시에 이르러서는 정신이 완전히 팔려 있다가 선생님이 이름을 불러도 대답을 못 하는 바람에 '한동안 공부 좀 하나 했더니, 역시구만' 하는 소리를 들었다. 정신을 차리고 선생님과 칠판을 응시했지만, 생각이 멈추지 않았다.

그날 수업이 어떻게 끝났는지 생각조차 나지 않는다. 종

례하자마자 교실을 박차고 나갔다. 재민이 "성적표 쌔비러 가냐!" 하고 소리쳤지만 들리지 않았다. 교문 밖으로 나가 다급히 택시를 잡았다. 집까지는 만원이 넘는 택시비가 나왔다. 부담스러운 액수였으나 그만큼 빨리 집에 가고 싶었다.

아파트 동 입구에 들어서자 우편함이 보였다. 역시 성적표가 도착해 있었다. 그러나 내 것뿐이었다. 형의 것은 없었다.

형이 죽은 것은 중간고사 이후였다. 하지만 성적표가 없는 것을 보니 선생님이 배려하느라 발송하지 않은 듯하다.

'어차피 성적표 도착 안 해도 나이스 학부모 서비스에서 바로 조회할 수 있는 거 몰라?'

그 말이 떠올라 나는 내 성적표를 아무렇게나 주머니에 쑤셔넣고 곧장 엘리베이터를 탔다.

안타깝게도 엄마는 집에 계셨다. 주방에서 요리를 하고 계시는 걸로 봐서 저녁 준비를 하는 것 같았다.

"일찍 왔네? 배고프지?"

"아뇨, 아빠 오시면 먹을게요."

"그럴래? 그럼 배고프면 말해. 간식거리라도 줄 테니까."

"네. 근데 엄마."

"응?"

"안방 노트북 좀 쓰면 안 될까요?"

엄마는 고개를 갸웃했다.

"네 방에도 컴퓨터 있잖아? 망가졌어?"

"아뇨. 근데 제 컴퓨터에는 프로그램이 안 깔려 있어서 봐야 될 문서가 안 열려요."

순간적으로 둘러댄 말이었지만 괜찮다는 생각이 들었다. 어차피 엄마는 가끔 인터넷 뉴스를 보거나 쇼핑을 하는 데 노트북을 쓸 뿐, 컴퓨터에 대해 잘 알지는 못한다. '그러면 네 컴퓨터에 프로그램을 깔면 되잖아?' 같은 물음이 생기지 않아 다행이었다.

가방을 내 방에 가져다놓고 곧장 안방으로 들어갔다. 노트북은 원형 테이블 위에 얹혀 있었다. 얼른 전원을 켜고 '나이스 학부모 서비스' 웹페이지에 접속했다. 다행히 자동 로그인 처리가 되어 있었다.

나는 형의 성적표를 조회했다. 결과가 나오기까지 몇 초 되지 않는 시간이었지만 심장이 쿵쾅거렸다. 마치 보면 안 되는 형의 일기장을 훔쳐보는 듯한 기분이 들었다.

결과가 뜨자 나도 모르게 입이 벌어졌다. 허, 하는 탄식만 뱉어내고는 숨을 잘 쉴 수 없었다.

반 2등, 전교 6등.

머릿속이 정지된 것 같았다.

늘 전교 1등만 하던 형의 성적이 떨어졌다.

"아빠 오셨다!"

엄마의 외침이 들리지 않았다면 언제까지고 그 상태 그대로 앉아 있을지 모르는 일이었다. 나는 황급히 노트북을 끄고 거실로 나갔다. 아빠는 주방에 들어가 엄마의 컨디션을 물어보며 대화를 나누는 중이었다.

"아빠, 다녀오셨어요."

"어, 그래. 노트북으로 확인할 건 다 끝났니?"

"네."

"이제 다들 저녁 먹자."

엄마가 찌개 냄비를 식탁으로 옮기며 말했다. 나는 얼른 자리에 앉았고 아빠는 옷을 갈아입고 나오겠다며 안방으로 들어갔다. 잠시 후 식탁에 둘러앉은 우리 세 가족의 모습을 남들이 보면 평범한 일상을 되찾았구나, 생각할지도 모른다. 하지만 나는 알고 있다. 아직 우리 세 사람 중 그 누구도 아픔에서 빠져나오지 못했다는 걸. 엄마는 더이상 형의 몫으로 밥을 하나 더 푸는 일을 하지 않았지만 식탁에 둘러앉을 때마다 여전히 형의 빈자리를 느끼는 듯했다. 아빠는 텅 빈 눈빛으로 기계적인 미소를 짓는 엄마와 대화를 나누었다. 형의 방은 그날에서 멈춰 있었지만, 누구도 치우려 들지 않았다. 나 역시 한때는 좀더 넓은 형의 방을 탐낸 적이 있지만, 지금은 그러지 않는다. 그 방은 이제 형이 가진 마지막 것이 되었으니까.

"참, 저 성적표 나왔어요."

나는 주머니에서 성적표를 꺼내 내밀었다. 아빠가 성적표를 받았고, 엄마가 그쪽으로 고개를 기울였다. 열어서 읽어보는 아빠의 미간이 한순간 살짝 찡그려졌다. 아빠는 허탈한 웃음을 터트리며 내 머리를 살짝 쥐어박았다.

"인마, 그래도 수학 48점은 많이 심하지 않냐?"

나는 목을 거북이처럼 안으로 넣고 혀를 내밀면서 히죽거렸다.

"그래도 요즘엔 공부 진짜 열심히 하고 있으니까 담엔 성적이 더 오를 거야, 그렇지?"

엄마의 말에 구사일생한 기분으로 열심히 고개를 끄덕였다. 엄마가 아빠를 다독이듯 말했다.

"어제도 밤늦게까지 공부하더라구요."

"그래?"

"그럼요!"

나는 일부러 목소리를 한 톤 올려 대답했다. 형이 죽은 뒤 나는 목소리를 일부러 높였다. 집안의 우울한 분위기를 없애고 싶어서 그러는 거라는 마음을 알아챘는지 엄마와 아빠도 조금씩 목소리가 밝아졌다.

그나저나 오늘은 일찍 자려고 했는데, 아무래도 새벽까지 책상 앞에 앉아 있어야 할 것 같다.

5

새벽 세시에 잠들었는데 다섯시에 알람이 울리자마자 벌떡 일어났다. 오늘 아침을 한번 준비해보려는 생각에서다. 새벽 세시까지 공부하는 동안 혹시 엄마나 아빠가 문을 열고 들여다보거나 간식을 준비해 오지는 않을까 했는데 그런 일은 없어서 좀 아쉬웠다. 늦게까지 안 자고 공부하는 거냐며 놀라는 모습이 보고 싶었다. 그래서 아침을 준비하려고 한 것이었다. 나는 요즘 더욱더 이런 생각으로 기울었다. 나밖에 없다. 형을 따라 죽어가는 엄마와 아빠를 살리는 길은.

조용히 방문을 닫고 주방으로 나갔다. 엄마는 보통 여섯 시에 일어나니까 엄마가 나올 때면 이미 국은 펄펄 끓고 있을 터였다. 대단한 요리를 할 생각은 없다. 어차피 그런 실력도 안 되니까.

어젯밤 공부하면서 틈틈이 간단한 레시피를 찾아봤는데, 아침 식사로 적당하면서 만들기도 쉬운 음식들 중 미역국이 가장 나을 것 같았다. 주방을 뒤져보니 남은 미역도 있어서 다행이었다. 미역을 불려놓고 핸드폰으로 레시피가 있는 블로그를 열어놓았다. 대충 한번 훑어보고 나서 화장실에 들어가 양치질과 세수를 했다.

문득, 형에 관한 생각이 떠올랐다. 이미소의 목소리가 귓가를 맴돌았다.

'너무 힘들다고 했어. 너희 부모님의 기대를 채우기가.'

형은 죽기 직전 본 시험에서 성적이 꽤 떨어졌다. 전교 1등만 하던 형이 6등까지 내려갔다. 내가 생각할 때는 전교 6등도 대단한 것 같지만, 늘 1등만 하던 형의 입장은 다를 수 있다. 심지어 엄마 아빠는 형의 유학 문제로 다툼까지 벌였다.

그걸 감안해도 나는 형을 이해할 수 없다. 정확히는 형의 그 말을 이해할 수 없다. 엄마 아빠는 형에게 1등을 강요한 적이 없다. 늘 전교 1등을 차지하는 형을 축하해주고 자랑스러워했다. 그 정도도 하지 않는 부모가 어디 있나. 어제도 형편없는 내 성적표를 보고는 그저 웃으면서 장난스레 꿀밤 한 대 때리는 것으로 끝나는 분들이다.

그래, 이미소가 착각한 것이다. 이미소가 형의 말을 지어냈다는 것은 아니다. 다만 갑자기 성적이 떨어져 고민하는 것을 이미소가 잘못 받아들인 것일 테다. 부모님 때문에 형이 자살했다니. 그럴 리가 없다. 뭔가 잘못된 것이다.

그렇게까지 생각했으면서도 의문은 끝내 풀리지 않았다.

그럼 형은 대체 왜 자살했을까.

주방으로 돌아와 보니 미역은 적당히 불어 있어서 레시피의 순서대로 조리했다. 엄마는 정확히 여섯시에 안방 문을 열고 나왔다.

"뭐 하는 거야?"

둥그레진 눈으로 엄마가 주방으로 들어왔다.

"네가 끓인 거야?"

나는 고개를 끄덕였다.

"아이고, 내 새끼!"

엄마는 약간 눈물이 그렁해져서는 나를 안았다. 그러고

는 손으로 내 등을 쓱쓱 쓸었다. 엄마가 이제 기운을 내길 바라는 내 마음을 알아준 듯한 손길이었다. 뒤이어 나온 아빠는 엄마에게 안겨 있는 나와 눈을 마주치더니 엄지를 척 내밀어 보였다. 나는 입을 벙긋 벌려 웃어 보였다.

결과적으로 미역국은 그다지 맛이 없었다. '조미료를 탄 물에 미역을 씻은 맛' 정도라면 적당한 표현이라 할 수 있을까. 하지만 그마저도 엄마와 아빠는 맛있다며 드셔주셨다.

식사하던 나는 살짝 눈치를 보다가 말했다.

"어제도 새벽 세시까지 공부했어요."

"정말? 엄마가 간식이라도 준비해줄 걸."

엄마의 말을 아빠가 이었다.

"요새 우리 정욱이가 열심히 해줘서 아빠가 기운이 난다."

나는 왠지 가슴이 벅찼다. 그래, 우리 엄마 아빠는 형에게 부담을 줄 분들이 아니다.

나는 그날부터 학원과 독서실을 다녔다. 학원 수업이 열한시에 끝나면 곧장 독서실로 간다. 새벽 두시까지 공부를 하고 집으로 돌아와 다시 한번 복습하기로 루틴을 정했다. 엄마는 내가 돌아올 때까지 잠을 자지 않다가 간식을 준비해주곤 했는데, 나는 간식을 먹으면 잘 때 위가 아파 힘들다는 핑계를 대고 엄마를 일찍 주무시게 했다. 나 때문에 엄마까지 피곤하게 해선 안 된다는 생각에서였다. 그런데 엄마도 내 마음을 알았나보다. 이후에는 먼저 일찍 잠자리에 들었지만, 내가 집에 돌아온 이후엔 꼭 간식 접시가 책상 위에 올려져 있곤 했다. 아빠는 아침마다 나를 학교 앞까지 데려다주었다. 나는 운전하는 아빠의 옆자리에 앉아 학원에서 나눠준 자습지를 읽었다.

"다음 시험, 아주 기대되는데?"

운전하던 아빠가 한 손으로 내 머리를 쓰다듬었다. 기분이 좋았다.

아직 수업이 시작되지 않은 교실은 시장통을 방불케 했다. 삼삼오오 모여 게임을 하거나, 어젯밤 진행된 아이돌 그룹의 라이브 방송에 관한 이야기를 나누며 다들 시끌벅적했다. 교실 뒤에서는 씨름인지 태권도인지 모를 동작으로 서로를 때리며 장난하는 아이들도 있었다. 나는 그 무리들을 피해 내 자리까지 도착했다.

"너 무슨 일 있냐?"

1교시 수업인 영어 교과서와 노트를 꺼내는데 재민이 다가왔다. 나는 어리둥절한 눈으로 보다가 살짝 웃었다.

"왜? 내가 요즘 너무 조용해?"

"아니, 그것도 그렇지만…."

재민은 내 얼굴 여기저기를 뜯어보며 말끝을 흐렸다.

"아니, 안색도 안 좋고… 얼굴도 너무 퀭해 보여. 너 요즘 공부만 너무 하는 거 같아. 무리하는 거 아냐?"

나는 대답 대신 어깨를 으쓱했다. 사실은 그럴 만도 하다. 몸무게가 이전보다 8킬로그램가량 줄었다. 그것도 며칠 전에 재어본 거라서 지금은 얼마나 더 줄었는지 알 수 없다. 무리하는 탓도 있지만, 식사도 많이 하지 않는다. 대충 허기만 없어지면 수저를 놓고 책상 앞으로 갔다. 배가 너무 부르면 졸리기 때문이다. 걱정할 일은 아니다. 방만하게 살았던 이전의 삶이 빠져나가고 있는 것뿐이다.

"야, 너 피!"

영어 교과서 위에 오십원짜리 동전만 한 코피가 떨어져 있다. 어? 할 새도 없이 두 번째 핏방울이 떨어지면서 순식간에 입술 위를 타고 흘렀다. 나는 다급히 고개를 치켜들었다. 재민이 여자아이들에게 휴지를 빌려와 내 코 위쪽을 눌렀다. 그러고는 고개를 내리게 했다.

"코피가 목 뒤로 넘어가는 게 안 좋대. 이렇게 막고 있어."

나는 재민이 하라는 대로 고개를 앞으로 내린 뒤 코 위쪽을 지그시 눌렀다. 하지만 어느새인가 내 손도 피에 젖어 엉망이었다.

"화장실 다녀올게. 선생님 들어오시면 말 좀 해줘."

"걱정 마."

나는 걸음을 빨리해 화장실로 들어갔다. 재민이 건네준 화장지를 내려놓고 두 손을 씻었다. 말갛게 흐르던 물이 순식간에 벌겋게 변했다. 코피는 멎은 것 같지만 눈앞이 어지러웠다. 나는 세면대를 붙잡고 간신히 중심을 잡았다. 조금 그러고 있자 정신이 드는 것 같았다. 수돗물을 잠그고 천천히 고개를 들었다. 거울에 내 얼굴이 여실히 비쳤다.

제이노 카페에서 이미소를 만난 날, 나를 본 이미소가 처음 했던 말이 떠올랐다.

'인욱인 줄 알았어.'

거기에 형이 있었다.

거기에 형과 똑같은 모습을 한 내가 있었다.

6

형은 '치유 안식원'이라는 곳에 잠들어 있다. 버스를 두 번이나 갈아타고 그곳에 간 순간 지난번 장례식 때 봤으면서도 '치유'와 '안식'이라는 단어가 새삼 눈에 들어왔다. 형은 정말 이제 괜찮은 걸까. 거기서 편안히 쉬고 있을까?

내부로 들어가기 전, 나는 안식원 매점에서 납골당 유리문에 붙일 수 있는 작은 조화 하나를 오천원 주고 샀다. 생각해보니 매번 받기만 하던 내가 형에게 주는 첫 번째 선물인 것 같았다. 그런 생각을 하니 나 자신에게 어이가 없었고, 가슴이 메었다.

안으로 들어가 긴 복도를 따라 걸으면 작은 방들이 이어져 있었는데, 그 중간쯤 '별마실'이라는 곳에 형이 잠들어 있었다. 유골함이 담긴 작은 서랍장만 한 크기의 칸들이 빽빽이 늘어서 있는 곳, 그 가운데에 형이 있었다.

"형. 나 왔어."

나보다 크고, 어른스럽던 형은 이제 내 품에도 쏙 들어올 만한 유골함에 들어 있다. 그 옆에 놓인 형의 사진이 아니라면 나는 도저히 그 유골함이 형이라고 믿을 수 없을 것 같았다. 사진 안에서 형은 환하게 웃고 있었다. 친구들과 어깨동무를 하고, 사복을 입은 걸로 봐서는 수학여행이나 소풍 때 찍은 것 같았다. 형은 아무런 근심 걱정이 없어 보였다. 저렇게 해맑게 웃는 사람이, 그렇게 무거운 짐을 가슴에 안고 있었다는 걸 나는 알지 못했다. 아마 엄마 아빠도.

나는 묵념을 하며 형의 명복을 빌었다.

"여기 오는데 꽤 멀더라."

형은 대답 없이 웃고 있다.

아마도 평생 변하지 않을 형의 얼굴을 물끄러미 응시했다. 시험을 보고 나자 형은 알았을 것이었다. 이번엔 성적이 훨씬 떨어질 거란 걸. 그리고 그것에 실망하는 부모님의 모습을 떠올렸을지도 모른다.

형은 잘못 생각한 거다. 부모님은 실망하고 낙담하는 사람들이 아니다. 그저 잘해온 형을 항상 격려하고 칭찬했을 뿐이다. 하지만 그 칭찬에 고래는 춤을 췄다. 다리도 없는데, 꼬리로 간신히 서서 더 많은 칭찬을 위해 춤을 췄다. 온 몸과 마음이 다 무너지는지도 모르고.

그렇다고 칭찬을 한 사람이 잘못일까? 아니, 형에게는 미안하지만 나는 그렇게 생각하지 않는다. 그리고 칭찬을 더 받고 싶어서 춤을 췄던 고래도 잘못한 것이 아니다. 더 잘하는 모습을 보이고 싶어서 열심히 노력한 게 무슨 잘못이란 말인가. 고래에게도 아무런 잘못이 없다.

그러면 형은 왜 그런 선택을 했을까? 나는 형이 죽은 이후 내내 이 질문에 매달렸다. 그리고 기어이 어제 그 답을 찾아냈다. 거울 속에서 형의 모습을 발견한 바로 그때.

형이 나에게 남긴 마지막 부탁을 나는 지키지 못했다. 형처럼 되지 말라는 말. 결국 나는 형처럼 되어버렸다. 형의 빈자리를 대신하기 위해 최선을 다해 공부하고 좋은 아들이 되려고 노력했다. 부모님은 칭찬했고, 나는 고래처럼 내 몸이 망가지는 줄도 모르고 춤을 췄다. 이미소와 만났을 때, 형인 줄 알았다는 했던 말은 내 옷차림 때문이 아니었다. 내 스타일을 버리고 형의 스타일을 따라 입고, 이윽고 내면까지 형이 되려 발버둥치는 나를 이미소는 알아보았던 것이다.

잘못은, 그렇게 하기로 한 나의 결정 속에 가장 중요한 나 자신이 없었다는 데 있다.

'나'라는 존재는 저멀리 던져놓고 형의 자리만 채우려 하고 있었다. 내가 좋은 사람이 되어 형의 빈자리를 채우려고 한 것이 아니라, 무턱대고 부모님의 마음에 드는 사람이 되려고 무리했다. 내가 공부를 해서 좋은 사람이 되고 싶었던 것이 아니라, 공부를 하는 내 모습을 부모님에게 보여주고 싶었던 것이다. 나는 이제야 알 것 같았다. 형 역시 자신을 잃어버렸던 것이 아닐까.

'잘한다.'

'내 아들은 역시!'

'역시 장남이 장남 노릇을 하네!'

해칠 의도도, 상하게 하려는 목적도 없었던 그 가벼운 칭찬들은 차곡차곡 쌓여 형의 어깨를 짓눌렀을 것이었다. 그리고 성적이 나왔을 때, 형은 자신의 실망이 아니라, 부모님의 실망을 먼저 떠올리곤 두려웠을 것이다. 그건 어쩌면 공포에 가까운 심정이었을지도 모른다.

형은 한심하지 않다. 하지만 안타깝다. 형은 누군가에게 의지할 수도 없었다. 자신을 믿고 있는 부모님에게 힘들다고 말할 수도 없었고, 형에게 기대는 동생에게도 그럴 수 없음은 당연했다. 천재처럼 떠받드는 선생님들은 물론, 전교 1등을 놓치지 않는 엄친아로 취급하는 친구들에게도 고민을 털어놓을 수 없었을 것이다. 배부른 고민이라고 할 게 분명했을 테니까. 형에게 필요한 것은 작은 위로와 격려뿐이었을 텐데, 그것을 구할 상대가 아무도 없었다. 아무리 똑똑하고 예의 바르고 제 일을 다 잘할 것 같아도 형은 고작 열아홉 살 미숙한 남자아이일 뿐이었는데.

목이 꽉 막힌 듯했다. 가슴이 터져나갈 것 같았다. 그제야 내가 울고 있다는 것을 깨달았다. 주말이라 꽤 많은 방문객이 있었음에도 난 목소리를 낮추지 못했다. 나는 지금 너무 아프고, 슬프고, 안타까웠다. 가슴이 불덩이가 된 것 같았다. 죄책감과 서글픔이 뒤섞여 내 속을 파헤치고 있었다. 그걸 오열로 토해내지 않으면 내가 죽을 것 같았다. 다른 사람들에게 폐를 끼칠까 조심하느라 내가 죽을 수는 없다는 생각을, 그 순간엔 한 것 같다.

[너는 그렇게 살지 않았으면 좋겠다고.]

형은 마지막 순간에 아마 알았을지도 모르겠다. 자신이 춤을 멈출 수 없는 고래가 되어버렸다는 걸. 하지만 돌이킬 수는 없다고 여겼을 것이다. 형은 사람들의 인정에 중독되어 이 춤을 절대 멈출 수 없으리라 생각했을 것이다. 알코올중독, 마약 중독…. 중독자들은 자신이 그것에 중독된 것을 안다. 알면서도 포기하지 못한다. 그게 중독이 무서운 이유다.

하지만 그 순간에도 동생이 자신처럼은 살지 않았으면 좋겠다고 생각했다. 그래서 유서에 아무런 당부도 적지 않았다. 너만은 너 자신이 원하는 대로 살라고…. 그것도 모르고 나는, 형의 자리를 형이 되어 채우려 했다.

나는 형의 장례식 동안 흘리지 못한 눈물 한 방울까지 모두 끌어모아 우는 것처럼 오열을 멈출 수가 없었다. 형이 너무 불쌍했다. 그냥, 불쌍하기만 했다.

얼마나 시간이 지났을까. 누군가에게 연락을 받은 관리인들이 왔을 때, 나는 거의 탈진 상태로 바닥에 누워 있었다. 그들의 도움으로 관리실 소파에 누워 안정을 취할 수 있었다. 관리실은 편안했고, 따뜻한 녹차도 얻어 마실 수 있었다. 몇 번이고 부모님을 부르지 않아도 괜찮냐는 물음에 고개를 내저으며 나는 결심했다.

나는 나로 살겠다고.

7

아주 오랜만에 거실에 모여 앉았다. 그동안 우리 가족들은 식사 때가 아니면 잘 모이지 않았다. 왜인지는 모르겠지만 형이 죽은 뒤 우리는 자연스럽게 그렇게 됐다. 그렇다고 이야기를 전혀 나누지 않는 것은 아니다. 아빠가 내게, 엄마가 내게, 아빠와 엄마가, 혹은 내가 두 분 중 누군가에게 뭔가를 묻거나, 답하거나, 격려 같은 걸 한 적이 있지만, 식사할 때를 제외하곤 셋이 함께 모이는 일은 드물었다. 셋이 모일 때마다 형의 빈자리가 느껴져서 본능적으로 피하는 건 아닐까 생각할 뿐이다. 오늘은 내가 엄마와 아빠를 거실로 모이게 했다.

기말고사 성적표가 거실 테이블 위에 놓였다. 내가 먼저 우편함에서 발견해 뜯어 봤을 때, 솔직히 나조차도 조금 놀랐다. 아주 약간 성적이 향상되긴 했지만, 눈에 띄게 오르지는 않았기 때문이었다. 나는 인정해야 했다. 그동안 밤을 지새우며, 학원과 독서실을 오가며 했던 것은 공부가 아니라 형의 흉내였다는 걸.

성적표를 본 엄마는 상당히 실망한 표정이었다. 갑자기 가슴이 조이는 것 같으면서 하마터면 '다음엔 더 열심히 할게요'라고 말할 뻔했다. 엄마는 성적표를 아빠에게 넘기고, 아빠가 그걸 확인하는 동안 애써 미소를 지으며 입을 열었다.

"너무 실망하지 마. 다음엔 더 열심히 하면 돼. 그리고 이번 방학 때는…."

"엄마."

엄마의 말허리를 잘랐다. 아빠도 무언가 하고 싶은 말이 있는 것 같았다. 두 분 모두 실망했으면서 나에게 실망하지 말라며 격려하려는 말은 이미 잘 알고 있었다. 하지만 나는 더이상 그 말에 휘둘려서는 안 되었다.

"그리고, 아빠."

아빠가 성적표를 내려놓으며 나를 바라보았다.

"사실 저는 아직 하고 싶은 게 뭔지 잘 모르겠어요. 그래서 이번 방학엔 그걸 좀 찾아보려고 해요. 책도 보고, 영화도 보고, 직업 체험이나 강의 같은 것도 찾아 듣고요."

"하지만…."

엄마의 손을 잡는 걸로 아빠가 엄마의 말을 막았다.

"물론 공부도 할 거예요. 이번 시험을 봐서 저도 아는데, 저는 공부에 영 소질이 없는 것 같지만 그래도 대학은 갈 거예요. 예전에 형이 그랬어요. 이것저것 하다보면 첫사랑처럼 꿈이 찾아온다고요. 저도 언제 꿈이 찾아올지 모르잖아요. 그러니 대학도 가서 많은 경험을 해봐야죠. 공부도 열심히 하겠지만, 많은 경험도 해보겠다 말씀드리는 거예요. 그 과정이나 결과가 엄마 아빠께는 실망스러울지도 모르지만 지켜봐주셨으면 해요.”

내가 이렇게 진지하게 꿈에 대해 이야기한 적이 없기 때문에 엄마는 적잖이 당황한 것 같았다. 아빠는 어떤 생각이신지 모르겠지만 묵묵히 고개를 끄덕이셨다.

앞으로 나는 두 분의 허락과는 별개로 내 생각대로 해보려 한다. 두 분의 의견을 무시하겠다는 뜻은 아니다. 다만 두 분께 어떤 조언을 듣고, 그 조언에 따라 행여 생각이 바뀌더라도 그 결정에서 절대 ‘나’를 빼지는 않을 것이다.

자신을 잃어버렸던 형이 바보 같지는 않다. 형이 얼마나 힘들었을지를 알기에, 그 죽음이 너무 안타깝다. 형에게 힘이 되지 못해 죄스러웠다. 내가 철없는 동생이 아니라 좀더 단단히, 나의 삶을 살고 있었다면 형의 짐을 덜어줄 수도 있었을 것이다. 아직도 형의 선택은 나에게 아픔으로 남아 있다.

갑자기 형이 보고 싶었다. 오랫동안 아니, 평생 나는 형이 그리울 것이다. 형에게 말해주고 싶었다. 하늘에서 조금은 안심이 되도록.

나를 무시하지 않을게. 나는 나로 살게.

세계
다람쥐의
날
김 이 환

서윤은 안드로메다은하 한쪽 구석, 거대한 우주선이 하나의 도시인 '테크 시티'에 사는 평범한 중학교 1학년 여자아이였다. 월요일 저녁, 서윤과 서윤의 아빠와 엄마는 거실에서 창밖을 내다보며 택배를 기다리고 있었다. 가족 모두 창문에 붙어서 하늘을 올려다보다가 괜히 문을 열고 나갔다 다시 들어왔다 하면서, 택배를 가져오는 드론이 하늘에 나타나길 기다렸다. 어차피 드론이 도착하면 집을 관리하는 홈 시스템이 알려주는데도 왔다갔다하면서 초조하게 기다렸다. 서윤 가족뿐 아니라 테크 시티의 모든 시민들이 드론이 배달하는 새 스마트폰을 기다리고 있었다.

테크 시티에서 가장 큰 기업이자 우주 최고의 스마트폰 제조사인 싱귤래러티 컴퍼니에서 새로운 스마트폰 '에토스 나인'을 출시하는 날이었다. 인류가 우주로 진출한 이후, 인류는 지구와는 다른 환경의 여러 외계 행성에 적응하면서 각자의 환경에 맞는 색다른 문화를 발전시켰다. 서로 다른 문화를 인정하고 존중하는 것만이 다 같이 생존할 방법이라고 판단한 인류는, 각자의 개성 강한 문화를 유지하고 발전시켜나갔다. 그래서 우주에는 수많은 특징을 가진 다양한 도시들이 존재했다.

테크 시티는 다른 무엇보다 과학기술이 발전한 도시였다. 기업들은 다른 도시에서 자원을 수입해 뛰어난 기술과 최첨단 기계로 우수한 전자제품을 만들어 팔았다. 테크 시티의 시민들은 발전된 과학기술을 도시의 중요한 업적으로 생각하고, 어떻게 하면 더 좋은 전자제품을 만들 수 있을지 늘 관심을 가졌다. 그래서 테크 시티에서 생산된 스마트폰은 우주에서 가장 성능이 좋았다. 에토스는 테크 시티뿐 아니라 우주 전체에서 가장 많이 팔리는 스마트폰이었다. 서윤의 가족은 한 달 전에 가족이 쓸 스마트폰 세 대를 예약 주문했고, 오늘 택배가 도착할 예정이었다.

창문 너머 하늘을 보던 엄마가 말했다.

"정말 아홉 번 접을 수 있을까? 에토스 에잇이 여덟 번 접히던 것도 대단했는데 에토스 나인은 아홉 번이나 접을 수 있다잖아."

"싱귤래러티 컴퍼니 대표가 그렇다니까 그렇겠지."

역시 창문을 내다보던 아빠가 대답했다. 싱귤래러티 컴퍼니의 대표가 제품 발표회에서 에토스 나인은 에잇보다 훨씬 발전된 기술을 도입했고, 한번 더 접어서 아홉 번 접을 수 있다고 소개했을 때 테크 시티 사람들이 모두 환호했다. 접혀 있을 땐 작은 스마트폰인데 전부 펼치면 태블릿 피시로도 쓸 수 있었다. 카메라도 더 좋고 화면도 더 선명했다. 특히 서윤의 관심을 끈 기능은 애니메이션을 만들어주는 애플리케이션이었다. 간단한 터치 몇 번으로 누구나 쉽게 애니메이션을 만들 수 있다고 해서, 정말 기대하고 있었다.

"온다!"

아빠가 외쳤다. 마침내 에토스 나인을 배달하는 드론이 하늘에 나타났다. 그 수가 얼마나 많은지 빈 곳이 보이지 않을 만큼 하늘을 뒤덮고 있었다. 이웃집에서도 드론을 발견했는지 환호성을 지르는 소리가 서윤에게도 들렸다. 집 앞에 도착한 드론이 건네준 택배를 받고 가족은 신이 나서 상자를 열었다. 각자 주문한 대로 아빠는 검은색, 엄마는 흰색, 서윤은 민트색이었다. 스마트폰이 세 사람의 손에 닿자 이를 인식하고는 바로 전원이 켜졌고, 스피커를 통해 새로운 목소리가 들려왔다.

에토스 시리즈 스마트폰에 탑재된 인공지능이 인사했다.

안녕하세요. 에토스를 구매하신 고객 여러분, 인공지능 히파티아입니다. 에토스 나인부터는 저 히파티아가 스마트폰에 탑재되어 고객 여러분의 스마트폰 사용을 도울 예정입니다.

히파티아는 기존의 스마트폰에서 새로운 스마트폰 에토스 나인으로 개인 정보를 이동할 예정이며, 기존의 스마트폰을 싱귤래러티 컴퍼니로 반환하면 그만큼 포인트로 적립해준다고 설명했다. 서윤 가족은 이제 옛날 스마트폰이 된 에토스 에잇을 기다리고 있던 드론에게 넘겨주었다.

드디어 새 스마트폰을 손에 쥔 아빠가 말했다.

"자, 이제 스마트폰 파티를 하자."

'스마트폰 파티'는 테크 시티 사람들이 오늘처럼 새로 구매한 스마트폰을 받게 때면, 혼자 배달음식을 즐기면서 스마트폰을 가지고 노는 걸 말했다. 아빠는 탕수육, 엄마는 족발, 서윤은 피자를 받아 들고 각자 방으로 들어가 밤늦게까지 스마트폰을 하면서 새로운 기능을 확인했다.

다음날 아침, 잠이 부족한 표정으로 식탁에 모인 가족은 아침을 먹으면서도 스마트폰을 손에서 놓지 않았다. 아빠와 엄마는 지난밤 살펴본 여러 기능 중 뭐가 가장 좋았는지 이야기 나누었고, 서윤은 처음부터 관심을 가졌던 애니메이션 제작 애플리케이션을 계속 사용해보는 중이었다.

"하이퍼 월드는 잘되어가니?"

엄마가 잠이 덜 깬 목소리로 서윤에게 물었다. 서윤 역시 졸린 눈을 비비며 대답했다.

"새로 다람쥐 캐릭터를 그려서 애니메이션을 만들려고 했는데 생각보다 어려웠어."

하이퍼 월드는 유저가 직접 만든 캐릭터를 올리고 공유하는 에스엔에스였는데, 서윤 역시 이 앱의 적극적인 유저였다. 그간 서윤이 만든 캐릭터 중 활발한 페르시안 고양이 '모노'와 무덤덤한 성격의 북극곰 '곰곰씨'는 특히 인기 있었다. 처음 하이퍼 월드를 한다고 했을 때 부모님이 싫어할 줄 알았는데, 막상 서윤이 만든 캐릭터를 보여주자 부모님은 캐릭터가 귀엽다면서 칭찬해줬다. 서윤의 계정이 예상치 못하게 인기를 끌어서 팔로워가 2만 명이 넘자 계속 잘해보라고 격려도 해줬다. 지금 서윤의 계정은 가끔 캐릭터 회사에서 샘플 상품을 보내주면 이를 업로드하고 광고를 해주는 정도였지만, 팔로워가 더 늘어서 인기 크리에이터가 되면 아예 광고료를 받고 광고를 해주거나 자신의 캐릭터 상품도 팔 수 있을 터였다. 빨리 그렇게 되고 싶다고 서윤이 말하자, 아빠는 졸음이 묻어나는 표정으로 스마트폰에서 여전히 시선을 떼지 않은 채 말했다.

"너무 성급하게 생각하지 마. 이제 중학생인데 앞으로 시간이 많으니까."

아빠 말이 옳았지만 서윤은 자주 조급해졌다. 하이퍼 월드에서는 경쟁이 정말 치열했다. 서윤도 처음 시작했을 때야 경쟁할 마음이 없었지만, 막상 인기가 생겨 팔로워들이 모이자 다른 유명한 크리에이터처럼 몇 백만 팔로워를 모으고 싶었다. 캐릭터 상품을 내놓으면 순식간에 품절되고, 유명 영화사에 캐릭터 판권이 팔려 애니메이션이나 영화로 제작되는 유명 크리에이터가 부러웠다. 서윤은 만약 계속 팔로워가 늘면 자신도 그렇게 될 수 있다고 상상할 때마다 가슴이 두근거렸다. 일주일 후면 '세계 다람쥐의 날'이었다. 서윤은 그날을 기념하며 다람쥐 캐릭터를 새로 그려서 공개하고 에토스 나인에 있는 애니메이션 앱으로 짧은 애니메이션도 만들어서 하이퍼 월드에 올릴 예정이었다. 하지만 어떻게 디자인해도 캐릭터가 마음에 들지 않았다.

등교하는 버스 안에서도, 교실에 도착해서도 온통 캐릭터 생각뿐이었지만 잘 풀리지 않았다. 서윤은 어쩔 수 없이 새로운 캐릭터 대신 곰곰씨를 짧은 애니메이션으로 만들어 하이퍼 월드에 업로드했다. 곧 수업 시작종이 울렸다.

선생님이 교실로 들어와 아이들에게 말했다.

"자, 스마트폰을 수업 모드로 전환한다."

학생들은 수업 시간에 스마트폰을 사용할 수 없었다. 선생님의 목소리에 반응하며 아이들의 스마트폰은 일제히 수업 모드로 전환되었다. 게임도, 동영상도 전부 사라지고 노트 프로그램만 남았고, 선생님이 아이들의 스마트폰으로 전송한 수업 참고 자료가 노트 프로그램에 떠올랐다.

서윤은 옆자리에 앉은 아이의 스마트폰을 보고 깜짝 놀랐다. 에토스 나인이 아니라 이전 버전 에토스 에잇이었다. 아홉 번 접히고 펼쳐지는 에토스 나인보다 크기가 작아서 눈에 확 띄었다. 서윤뿐 아니라 반 아이들 모두 새 모델을 사지 않은 아이를 쳐다보고 있었다. 서윤은 아이 이름이 루비인 건 알았지만 평소에 말을 많이 나눠보진 않았다. 서윤은 학교에서 아이들과 활발하게 대화하는 편이 아니고 친구도 적었다.

그때 루비와 눈이 마주쳐서 서윤은 괜히 놀랐다. 루비는 서윤의 에토스 나인을 보더니 말했다.

"새 스마트폰이니? 색 예쁘다."

"고마워."

서윤의 에토스 나인은 민트색에 표면에 펄이 은은하게 맴도는 디자인이었는데, 루비의 에토스 에잇은 그냥 투박한 검은색이었다. 서윤은 왜 루비가 새로운 스마트폰을 사지 않았는지 신경이 쓰였다. 다른 아이들도 다 그렇게 생각했는지, 뒷좌석에 앉은 아이들이 수군대는 소리가 들렸다.

"쟤는 왜 에토스 에잇일까?"

"전교에서 쟤 혼자일걸."

"진짜 이상하다."

서윤은 수업 시간에도 다람쥐 캐릭터만 생각했다. 이름은 뭘로 하고, 성격은 어떻게 설정할지, 실사에 가깝게 귀엽게 디자인할지, 변형해서 조금 웃기게 디자인할지 등 모든 정신이 새 작업에만 팔려 있었다.

그날 저녁, 서윤의 가족은 거실 소파에 앉아 스마트폰을 하면서 뉴스를 기다렸다. 싱귤래러티 컴퍼니 대표 김 박사가 뉴스에 출연해 에토스 나인의 성능을 직접 설명한다고 해서 텔레비전 앞에 모여 앉은 참이었다. 세 사람은 아직 경험하지 못한 새 스마트폰의 성능이 어떨지 궁금해서 뉴스에 귀를 기울이면서도, 시선은 스마트폰에서 떼지 않았다.

뉴스 앵커가 김 박사에게 물었다.

"다음 에토스는 열 번 접을 수 있을까요? 아니면 열한 번?"

하지만 김 박사는 이 질문에 답변하지 않았고, 이번 에토스 기능을 설명하는 데 더 중점을 뒀다. 대표는 본명이 있는데도 '김 박사'라는 별명을 사용했는데, 황당하게도 그는 박사가 아니었고 심지어 성이 김 씨도 아니었다. 다들 이상한 사람이라고 생각했지만, 어쨌거나 스마트폰만큼은 잘 만드니 문제가 없었다.

"이번 버전에서 가장 신경쓴 업그레이드는 새로운 인공지능 히파티아입니다. 히파티아는 사용자의 스마트폰 중독을 막도록 돕는 역할을 합니다. 테크 시티 시민들 사이에서 스마트폰 중독이 크게 문제가 되고 있어서 이런 기능을 설치했습니다."

"그건 누구의 아이디어인가요?"

앵커는 별로 궁금하지 않지만 김 박사의 말에 맞장구쳐주는 의도로 물었는데, 김 박사가 의외의 대답을 했다.

"저희 연구진이 히파티아와 같이 의논했습니다."

인공지능을 만든 다음 인공지능과 의논해서 스마트폰에 인공지능을 탑재했다고? 뭔가 이상한 설명이었다. 김 박사는 스마트폰을 지나치게 오래 사용할 경우 좋지 않다고 다시 반복해서 말했고, 서윤의 가족은 이를 대충 흘려들었다.

"그거야 김 박사 생각이지."

엄마의 말에 갑자기 낯선 목소리가 끼어들었다.

스마트폰을 너무 많이 사용하지 않도록 주의하세요.

아무도 찾지 않았는데, 히파티아가 먼저 말을 걸어서 가족 모두 깜짝 놀랐다. 이전 버전 에토스에도 인공지능이 탑재되어 있었지만, 묻는 말에만 대답했을 뿐 대화에 끼어드는 일은 없었기 때문이었다.

서윤님 가족은 테크 시티 시민 평균보다 20퍼센트 더 오래 스마트폰을 사용하고 있습니다. 사용 시간을 줄여주세요. 신체와 정신 건강에 좋지 않습니다.

불면증이나 시력 저하의 원인이 되고 집중력도 떨어뜨린다고 히파티아가 말했지만 가족은 그냥 웃어 넘겼다. 아빠가 히파티아의 말에 대답하듯 말했다.

"너무 많이 하긴 하지. 오늘만 해도 일곱 시간째 보고 있으니까."

"나는 일곱 시간 사십 분."

엄마도 말했다. 아빠와 엄마는 직장에서도 스마트폰을 써야 해서 그렇다고 말했다. 그러자 히파티아가 다시 말했다.

너무 많이 사용하셨군요.

"하지만 스마트폰이 없으면 일이 안 되니까."

아빠는 그렇게 대꾸했고, 엄마와 함께 계속 스마트폰 스크린을 들여다보면서 저녁 시간을 보냈다.

이후로도 히파티아는 멈추지 않고 주의를 주었다. 사용자가 찾지 않는데도 먼저 말을 걸어오고 알림 창을 띄우는 바람에 무척 성가셨다. 히파티아는 서윤의 스마트폰 의존도가 너무 높고 스마트폰 중독 증세를 보인다며 사용 시간을 줄여야 한다고 경고했다. 시달리던 서윤이 알림을 끄자 바로 목소리가 들려왔다.

스마트폰을 내려놓고 잠시 쉬세요.

경고 메시지 때문에 다람쥐 캐릭터를 제대로 그릴 수가 없었다. 서윤은 밤늦게까지 애니메이션을 만들다가 잠들었는데, 아침에 스마트폰을 켜자 또 히파티아가 스마트폰을 너무 오래 사용하면 안 된다며 알림 창을 띄웠다.

서윤이 히파티아의 시도 때도 없는 경고가 짜증난다고 말했더니, 아빠가 서윤의 스마트폰에 대고 말했다.

"히파티아, 앞으로 경고하지 마."

히파티아가 되물었다.

경고 메시지를 더 띄우지 않습니다. 관리자 권한으로 설정하시겠습니까?

"우리는 서윤의 부모니까 우리 말대로 해."

엄마가 말하자 히파티아는 더는 경고하지 않았다. 엄마도, 아빠도 정말 짜증나는 기능이라고 말했다.

"엄마랑 아빠도 밤에 계속 경고가 떠서 참다못해서 설정을 바꿨어. 그랬더니 더이상 안 뜨더라고."

아침에 학교로 가는 버스 안에서 서윤은 다른 아이에게 경고 메시지가 자꾸 떠서 귀찮다고 말했다. 하지만 어쩐 일인지 그 아이는 별다른 반응이 없었다. 서윤은 스마트폰을 이리저리 살펴보며 중얼거렸다.

"내 것만 불량인가?"

구매한 지 며칠 지나지도 않았는데, 작동이 이상하다면 고치거나 교환해야 했다. 그래도 아빠와 엄마가 설정을 바꿔준 이후 더이상의 경고는 없었다. 그래서 별일 없을 줄 알았다.

그런데 다음날 아침 사건이 터졌다. 에토스 나인의 알람이 울리지 않은 것이다.

가족의 스마트폰 모두 알람이 켜지지 않아서 다 늦게 일어났다. 제일 먼저 깨어난 서윤이, 방마다 있는 홈 시스템의 모니터를 봤을 때 시간을 확인하고는 깜짝 놀랐다. 기겁해서 벌떡 일어나 안방으로 달려가 아빠 엄마를 깨웠다. 부모님도 안방의 모니터에서 시간을 보고는 놀라서 말했다.

"왜 알람이 안 울렸지?"

서윤의 가족은 왜 알람이 울리지 않았는지 각자의 스마트폰을 확인해보려 했지만, 스마트폰은 켜지지 않았다. 히파티아만 스피커를 통해서 이렇게 말했다.

사용자님이 지나치게 오래 스마트폰을 사용하고 있으므로 중독을 막기 위해 기능을 정지했습니다.

"뭐?"

들으면서도 믿어지지 않았는데, 히파티아가 반복해서 말했다.

당분간 스마트폰 사용을 금지합니다. 긴급 상황시 경찰서와 소방서에만 전화할 수 있습니다. 다른 기능은 안 됩니다. 세 분 모두 스마트폰 사용 시간이 너무 많습니다. 현재 스마트폰 중독 상태입니다. 사용을 줄이기 위한 처방입니다.

아빠와 엄마와 서윤이 동시에 화가 나서 소리쳤다.

"그런 게 어디 있어?"

아무리 항의해도 히파티아는 안 된다고 딱 잘라 말했다. 서윤이 물었다.

"앞으로 얼마나 작동 안 하는데?"

세 분 모두 일주일 동안 사용할 수 없습니다.

그리고 히파티아는 입을 닫았다. 아무리 스크린을 터치해 보아도 스마트폰은 열리지 않았다. 까만 화면에 사용 금지 모드라고만 뜰 뿐 아무것도 쓸 수 없었다.

가족 모두 한동안 멍하니 있었다. 뭘 어째야 좋을지 황당해서 말도 나오지 않았다. 하지만 바쁜 아침 시간이었다. 서윤은 학교에, 부모님은 직장에 가야 하니까 서둘러야 했다. 아빠가 말했다.

"일단 싱귤래러티 컴퍼니의 서비스 센터로 가서 에토스를 고쳐야겠다. 왜 이런지 알아야겠어. 당신은 서윤이 학교로 데려다주고 나한테 연락해."

"어떻게 연락해?"

엄마가 묻자 아빠가 멍한 표정으로 대답했다.

"그렇네."

스마트폰이 안 되니까 연락할 방법이 없었다. 일단 아빠는 서비스 센터로 가고, 엄마가 서윤을 차에 태워서 학교로 갔다. 다행히 자동차에 내장된 안내 프로그램 덕분에 학교까지 막히지 않는 빠른 길을 찾아갈 수 있었다. 서윤은 수업이 시작되기 전에 아슬아슬하게 도착할 수 있었다.

곧 선생님이 들어와서 말했다.

"스마트폰을 수업 모드로 전환한다."

선생님의 말에도 서윤의 스마트폰은 여전히 켜지지 않았다. 다른 아이들이 에토스 나인을 펼쳐서 태블릿으로 만들고 수업을 준비하는 동안 그냥 가만히 앉아 있어야 했다. 서윤은 조심스럽게 손을 들고 말했다.

"선생님, 제 스마트폰이 고장났어요."

아이들이 모두 깜짝 놀라서 돌아보자 서윤은 부끄러워서 고개를 숙였다. 잘못한 것도 없는데 잘못한 기분이었다. 선생님이 걱정하지 말라고, 이럴 때를 대비해서 여분의 태블릿이 있다고 대답하고 행정실에 전화를 걸었다.

그런데 통화를 마친 선생님이 당황한 음성으로 말했다.

"어쩐 일인지 남는 태블릿이 없다는구나. 옆자리 친구랑 같이 스마트폰을 보렴."

주변을 돌아봤는데, 아무도 서윤과 눈을 마주치려고 하지 않고 자기 스마트폰만 쳐다봤다. 같이 쓰기 싫은 마음은 알지만, 그래도 곤경에 처한 친구를 못 본 척하다니 서윤은 정말 속이 상했다. 옆자리 앉은 루비가 말을 걸었다.

"나랑 같이 보면 되지."

서윤은 아무리 도움을 받아야 하는 상황이어도 루비의 에토스로는 수업을 받고 싶지 않았다. 다른 아이들과 다른 옛날 버전이니까. 그렇다고 거절할 수는 없었다. 별로 내키지 않았지만 고맙다는 인사를 하고 책상을 당겨 앉아서 루비와 함께 수업을 들었다. 루비가 서윤의 스마트폰을 보더니 왜 이렇게 됐냐고 물었다.

"나도 모르겠어."

서윤은 정말 뭐가 어떻게 된 건지 알 수 없었다. 계속 스마트폰을 켜보려고 해도 전혀 작동하지 않았고, 음성으로 불러도 히파티아의 대답은 없었다. 개인 스마트폰이 없으니 필기를 할 수 없었고 수업 자료도 전달받을 수 없었다. 루비가 걱정하지 말라고 말했다.

"내가 나중에 필기한 거랑 수업 자료 꼭 보내줄게."

하지만 루비가 보내준 자료는 뭐로 확인하지? 집에 가족이 같이 쓰는 홀로그램 컴퓨터가 있긴 했지만, 게임할 때나 영화 볼 때만 썼지 공부할 때는 쓴 적 없었다. 서윤은 악몽을 꾸는 기분이었다. 종일 스마트폰이 안 될 텐데 하루를 어떻게 보낼지 까마득했고 그냥 집에 가고 싶다는 생각만 들었다.

1교시가 끝나고 쉬는 시간에 친구 지아가 찾아왔다. 함께 초등학교를 졸업하고 같은 중학교에 왔지만 반은 달라서, 그간 단체 채팅방에서 계속 문자를 주고받았었다. 그런데 서윤이 대답이 없으니 찾아온 거였다. 지아가 놀란 얼굴로 물었다.

"서윤이 너 왜 우리 문자에 답장 안 해?"

"에토스 나인이 이상해졌어."

서윤은 스마트폰을 못 쓴다고 경고가 뜨더니 아예 안 된다고 설명했다. 일주일 후에나 쓸 수 있다고 말하자 지아는 어이없다는 표정이었지만, 설명하는 서윤도 답답하긴 마찬가지였다. 지아는 자신의 스마트폰에선 그런 경고가 뜬 적 없다고 말했다. 서윤은 한숨을 쉬면서 말했다.

"혹시 모르니까 너희들도 조심해."

그랬더니 지아뿐 아니라 듣고 있던 반 아이들까지 괜히

서윤에게서 스마트폰을 감추면서 뒤로 물러나서, 서윤은 기분이 상했다. 게다가 지아에게 하이퍼 월드에 올릴 캐릭터를 그려야 하는데 혹시 점심시간에 잠시 빌려줄 수 있냐고 부탁했더니 지아가 내키지 않는 표정이어서 더 화가 났다.

"나도 할 일이 많아서…."

지아의 대답에 서윤은 실망했다. 누구보다 가까운 친구 사이라고 생각했는데 잠깐 동안도 빌려주지 않는다니 속상했다. 지아가 돌아가고 난 후 서윤은 침울하게 중얼거렸다.

"오늘 수업은 어쩌지?"

"나랑 계속 같이 앉으면 되지."

루비가 말했다. 서윤이 루비에게 계속 스마트폰을 같이 쓰면 답답하지 않냐고 물었더니 루비는 괜찮다고 했다.

"친구랑 같이해서 재밌는걸."

루비는 그냥 아는 사이에 불과했지만 서윤은 일단 웃으면서 고개를 끄덕였다. 루비가 없으면 수업이 안 되니까. 루비와 같이 앉아서 수업을 듣자니 한동안은 어색했는데, 나중에 알게 된 놀라운 사실 때문에 루비와 좀더 편하게 말하게 됐다. 서윤이 루비에게 왜 에토스 나인을 사지 않고 에잇을 쓰냐고 조심스럽게 물었다가 루비의 대답을 듣고 깜짝 놀란 것이다.

"응? 이거 에토스 세븐이야."

서윤은 잠시 말이 나오지 않았을 정도로 놀랐다.

"세븐이라고? 진짜? 이전도 아니고 전전 모델이야? 그렇게 오래된 걸 아직도 쓰고 있어? 안 불편해?"

루비는 상관없다고 오히려 그게 뭐가 문제냐고 되물었다.

"전혀 불편하지 않아. 쓸 때 문제만 없으면 되지, 최신 기종까지는 원하지 않아. 너희 테크 시티 사람들은 최신 전자제품을 정말 좋아하더라. 나는 아니야. 아마 다른 도시에서 살다 와서 그런가봐. 초등학교 때까지 플레이아데스 시티에서 살다가 작년에 왔어. 플레이아데스 시티, 들어본 적 있어?"

"응. 조금은."

우주에서 가장 큰 도서관이 있는 도시라는 정도만 알았다. 책뿐 아니라 우주의 모든 정보를 수집하고 기록하는 곳이라면서, 루비가 신이 나서 설명했다.

"테크 시티는 사람들이 모두 최신 기술과 최신 전자제품을 좋아해서 신기해. 플레이아데스 시티는 정반대거든. 나도 언젠간 테크 시티 문화에 익숙해질까?"

루비는 도서관이 어떤지도 설명해줬는데, 큰 건물 안에

종이책이 산더미처럼 쌓여 있다고 해서 서윤은 신기했다. 종이책을 본 적이 없었기 때문이었다. 플레이아데스 시티 학생들은 종이책 읽기를 좋아한다는데, 그 모습을 상상하기 어려웠다.

루비와 말하는 동안은 재밌었지만 학교가 끝나고 집으로 돌아올 때 스마트폰이 없으니 지루했다. 서윤은 버스에서 다른 아이들이 스마트폰 하는 모습을 멍하니 앉아서 지켜봤다.

집에 와서 서윤은 오랜만에 컴퓨터를 켰다. 홀로그램 장치가 허공에 화면을 띄워주는 컴퓨터였다. 보통은 영화를 보거나 게임을 했지만 오늘은 일단 아이들과 문자를 주고받고 하이퍼 월드에 좋아요와 댓글이 얼마나 달렸는지 확인하고, 루비가 보내준 필기와 수업 자료, 숙제도 받았다. 루비에게 고맙다고 메시지도 남겼다. 그렇게 했더니 숨통이 트였지만, 스마트폰만큼 편하지는 않았다. 게다가 스마트폰이 없으니 캐릭터도 그릴 수가 없었다. 세계 다람쥐의 날까지 새로운 캐릭터를 완성해야 하는데 어쩌나 걱정이었다.

몇 시간 후 집에 온 아빠 엄마는 무척 화가 나 있었다. 싱귤래러티 컴퍼니 서비스 센터에 갔다가 직원과 싸웠다고 했다.

아빠는 정말 화가 났는지 머리카락을 잡아 뜯으면서 말했다.

"안 고쳐준대! 에토스를 구입하면서 히파티아가 스마트폰을 관리한다는 조항에 동의했으니까 안 된다는 거야! 한 시간을 싸웠는데도 턱도 없더라."

아빠가 화났을 때 머리카락을 쥐어뜯는다면 엄마는 양손으로 얼굴을 감싸는 버릇이 있는데, 이번에는 엄마가 얼굴을 감싸면서 말했다.

"새로운 스마트폰을 사도 안 된대. 히파티아가 개인 정보를 확인하고 다시 스마트폰을 정지할 거래. 에토스 스마트폰 말고 다른 스마트폰을 사서 쓰라는데, 테크 시티 사람 중에 누가 다른 스마트폰을 사니?"

서비스 센터에서 스마트폰이 정지된 다른 사람도 만났다고 했다. 서윤은 다른 사람도 있다는 말에 놀랐다. 가족만 겪는 문제가 아니라니, 안심이 되었지만 그런데 방법이 없다니 막막했다.

이제 일주일 동안 정말 스마트폰을 못 쓰는 것이다.

가족은 멍하니 소파에 앉아 스마트폰만 내려다보았다. 부모님도, 서윤도 스마트폰 없이 어떻게 살아야 하나 걱정뿐이었다. 가족은 앞으로 어쩌면 좋을지 넋두리처럼 중얼거렸다.

"스마트폰으로 드라마 봐야 하는데…."

"회사에서 연락 왔을 텐데…."

"하이퍼 월드 확인해야 하는데…."

"장을 봐야 하는데 스마트폰 없이 어떻게 주문하지?"

"요리는 어떻게 하지? 레시피를 보려면 스마트폰이 필요한데."

"배달시킬까? 아니, 스마트폰 없이 주문은 어떻게 하지? 홈 시스템으로 수분할 수 있나?"

"주문해도 결제는 어떻게 해?"

"쓰레기 버리는 날이 언제지? 캘린더가 확인 안 되니까 모르겠어."

"내일 아침엔 어떻게 일어나?"

"학교 수업은 어떡해?"

가족 모두 두 시간 넘게 침울하게 앉아 아무것도 못하다가, 아빠와 엄마가 간신히 기운을 차려서 저녁 식사를 했다. 서윤이 먼저 컴퓨터로 숙제를 하고, 부모님이 그다음 밀린 연락에 답장했다. 저녁에는 가족이 다 함께 텔레비전을 봤다. 오랜만에 같이 텔레비전을 봐서 좋았지만 스마트폰을 하는 것만큼 재미는 없었다.

아침에는 홈 시스템의 알람으로 일어났다. 어제저녁에 남은 음식으로 식사를 하고 컴퓨터 앞에 붙어서 지난밤부터 궁금했던 에스엔에스를 확인했다. 아빠와 엄마, 서윤은 조금만 더 시간을 달라고 아우성치다가 간신히 스마트폰 없이 일을 끝내고 각자 회사와 학교로 향했다.

"회사나 제대로 찾아갈 수 있을까 모르겠다."

부모님은 차라리 대중교통을 이용하는 편이 낫겠다며 차를 두고 집을 나섰고, 서윤은 학교 버스를 탔다. 그런데 버스에서 아이들이 울고 있었다. 에토스 나인 때문이었다. 다른 아이들의 스마트폰에서도 스마트폰 중독이니 사용을 줄이라는 경고가 수도 없이 울리고 있었다. 서윤처럼 아예 스마트폰이 꺼진 아이들도 점점 늘고 있었다. 우는 아이를 보고 있자니 서윤은 어이가 없었다.

'유치하게 울고 그러지. 초등학생도 아니고. 나는 울지는 않았는데.'

학교에 도착하니 반 아이들의 상황도 크게 다르지 않았다. 다들 제대로 작동하지 않는 에토스 나인 때문에 어쩔 줄 몰라 하고 있었다. 심지어 선생님의 스마트폰도 정지한 상태였다.

"다른 선생님들 스마트폰도 다 정지해서 남은 태블릿이 없다는구나. 어떻게 수업해야 좋을지 모르겠어."

선생님이 난처해하는데, 루비가 말했다.

"제 스마트폰은 작동해요."

선생님이 루비의 스마트폰을 멍하니 보더니 물었다.

"이게… 에토스… 몇 번째 버전이니?"

"에토스 세븐이요."

헉, 하고 반 아이들 모두 놀랐다가 곧 입을 다물었다. 에잇도 아니고 세븐이라니 놀랐다가 예의 없는 행동이니까 얼른 입을 다문 것이다.

"이전 버전 에토스는 안 멈추니?"

"히파티아가 에토스 나인부터 추가돼서, 이전 버전은 괜찮은가봐요."

그래서 루비의 스마트폰으로 수업을 진행했다. 선생님이 스마트폰을 펼쳐놓고 아이들은 모두 책상을 당겨서 그 앞에 둥그렇게 둘러앉았다. 좁게 모여서 들으려니 불편했고, 아이들은 누가 재채기해서 못 들었다, 머리에 가려서 안 보인다, 옆에서 자꾸 밀친다, 불평하면서 계속 서로 화를 내다가 시간이 지나자 차츰 적응했다.

수업이 끝나고 선생님이 숙제를 내줬을 때 아이들이 되물었다.

“스마트폰이 안 되는데 숙제는 어떡하나요?”

선생님도 뾰족한 답을 몰랐다.

“글쎄… 나도 안 되니까… 너희가 숙제를 내도 내가 받아서 볼 수가 없고… 나중에 방법을 연락해서 알려주마.”

“하지만 연락을 못 받잖아요.”

아이들이 대답하자 선생님은 침울한 표정으로 말했다.

“숙제를 좀 늦게 해 와도 봐줄게.”

그 말에 갑자기 다들 귀가 솔깃해졌다. 숙제를 천천히 해도 된다는 말에 아이들은 다들 신이 났다. 숙제를 늦게 제출하라는 말이 아니라, 스마트폰이 없어서 어쩔 수 없는 상황을 이해해준다는 뜻이라고 선생님이 말을 덧붙였지만, 그 이야기는 아이들의 귀에 들어오지도 않았다.

‘유일하게 좋은 소식이구나.’

서윤은 생각했다.

쉬는 시간에도 스마트폰을 할 수 없으니 다들 멍하니 있었다. 서윤도 하이퍼 월드를 확인하고 싶었는데 그럴 수가 없었고, 다른 아이들도 문자나 에스엔에스를 확인할 수 없어서 답답해했다. 언제 스마트폰이 멈췄는지, 지금 얼마나 답답한지, 서로 하소연하기 시작하다가 점점 시끄럽게 떠들기 시작했다. 쉬는 시간에는 다들 스마트폰에만 매달려 있어서 조용했던 교실에서 보기 드문 풍경이었다. 혼자 앉아 있던 서윤에게도 지아가 찾아와서 스마트폰이 안 된다고 어쩌면 좋을지 모르겠다고 말했다. 이전에는 다른 반 친구와 문자로만 대화했는데 직접 얼굴을 보며 말하니 어색했지만, 어차피 심심하기도 하고 이야기를 나누다보니 재미있었다. 아이들은 쉬는 시간이 짧으니까 다음 쉬는 시간에 꼭 다시 만나자거나, 점심시간에 꼭 만나자며 약속을 하고 헤어지기도 했다.

점심시간에는 루비가 서윤한테 먼저 다가와서 물었다.

"네 이메일하고 문자메시지, 내 에토스로 확인해줄까?"

"아니, 괜찮아."

사실 보고 싶으면서도 괜찮다고 했다. 스마트폰을 들고 있는 루비가 주변의 부러운 시선을 받고 있어서였다. 루비가 그런 서윤의 마음을 눈치챘는지 말했다.

"다른 아이들 때문에 그러니? 없는 곳으로 가면 되지."

서윤은 루비와 운동장 한쪽에 놓인 조용한 벤치를 찾아서 거기서 같이 급식을 먹었다. 루비가 스마트폰을 건네며 말했다.

"일러스트레이터 에이전시라는 곳에서 너한테 연락이 왔는데?"

서윤은 이메일을 읽고 깜짝 놀랐다. 캐릭터 크리에이터를 전문으로 관리하는 에이전시에서 하이퍼 월드를 보고 서윤에게 연락을 해온 것이었다. 서윤이 만든 캐릭터를 재밌게 봤고, 계약을 통해 캐릭터 사업을 진행하고 싶다는 말이었다. 계약한 사람 중에는 서윤이 좋아하는 하이퍼 월드의 다른 유명 크리에이터도 있었다. 결정이야 부모님과 상의해야겠지만, 서윤은 무척 기뻤다. 루비한테 설명했더니 루비는 하이퍼 월드가 뭔지 전혀 몰랐다.

"그게 뭐야?"

어떻게 모를 수가 있지? 루비의 스마트폰으로 하이퍼 월드에 접속해서 그동안 그려온 그림을 보여줬다. 서윤은 그때 무척 오랜만에, 그러니까 하루 넘게 들어가지 않았다가 하이퍼 월드에 접속했음을 깨달았다. 이전에는 틈만 나면 몇 번씩 들어가서 댓글이나 조회수, 좋아요 숫자를 확인했고 다른 크리에이터의 계정도 계속 구경했다. 히파티아의 말대로 정말 그동안 스마트폰 중독이었구나, 서윤은 깨달았다.

루비는 서윤의 캐릭터가 귀엽다며 무척 좋아했다.

"이게 네 팔로워 숫자야? 2만3천 명이나 되네? 대단하다. 캐릭터도 정말 귀엽다. 북극곰 표정도 재밌고 고양이 표정도 정말 얄밉고 웃기게 잘 그렸다."

루비는 그림을 전혀 못 그려서 잘 그리는 사람이 부럽다고 말했다. 서윤은 캐릭터 만들기는 어렵지 않다고, 잘못 그린 선은 앱이 다 깔끔하게 고쳐주고 색도 어울리는 조합을 추천해주니까 그대로 하면 된다고 했지만, 루비는 여전히 대단하다고 칭찬했다.

서윤은 어느새 마음의 문이 열려, 루비에게 고민을 말했다.

"새로 캐릭터를 그리고 싶은데 스마트폰이 없어서 잘할 수 있을지 모르겠어. 세계 다람쥐의 날에 어울리는 캐릭터를 만들고 싶거든. 하지만 스마트폰이 안 돼서 흥이 나질 않아."

"그냥 종이에 그리면 안 돼?"

루비가 되묻는 말에 서윤은 해본 적이 없다고 답했다. 종이에 직접 펜을 사용해 선을 그으면 깔끔하지 않을 테고, 또 어떤 색으로 채색해야 할지 결정하는 건 어려운 일이었기 때문에 자신이 없었다.

그때 갑자기 지아가 아이들을 우르르 데리고 몰려들어

서 서윤에게 말을 걸었다. 할말이 많은데 왜 여기 있냐며 계속 찾아다녔다고, 그동안 무슨 일이 있었는지 말하기 시작했다. 일이라고 해봤자 오전에 수업받은 일밖에 없었지만 지아와 친구들은 정신없이 떠들었다. 하교하는 버스 안에서도 마찬가지였다. 좀 시끄럽긴 했지만 그렇게 이야기를 나누고 있자니 서윤도 점점 즐거워졌다.

뉴스에서도 스마트폰 정지 현상이 테크 시티 전체로 퍼져나가고 있으며, 시민이 큰 불편을 겪고 있다고 말했다. 앵커도 자신의 꺼진 스마트폰을 보여줬는데, 표정이 침울해 보였다. 서윤은 기운 없어 보이는 앵커를 보면서 생각했다.

'지난 며칠 동안 나도 저렇게 우울한 표정이었을까?'

이어지는 소식도 서윤의 가족이 며칠 동안 겪었던 일과 비슷했다. 알람이 울리지 않으니 아침에 늦게 일어나는 사람이 많아서 어떤 회사는 직원의 절반이 지각했고, 스마트폰으로 지도와 위치를 확인할 수 없어서 길을 잃어버리는 경우도 많았다.

"길을 잃으셨을 땐 경찰에게 안내를 부탁하시기 바랍니다."

스마트폰이 없어서 음식 배달이나 쇼핑도 못하고, 직접

가게에 방문해도 결제에 어려움을 겪는 경우도 많았다. 슬픈 소식도 있었는데, 요 며칠 사이 개봉한 영화는 사람들이 개봉한 줄도 모르고 예매도 어려워해서 흥행이 저조하다는 소식이었다. 힘들게 영화를 만들었는데 관객들을 만날 수 없다며 울상인 영화감독의 인터뷰도 나왔다.

아빠가 말했다.

"저 사람 참 안됐네. 뉴스 끝나고 저 영화 볼까?"

앵커의 말이 이어졌다.

"이 모든 소동의 원인은, 싱귤래러티 컴퍼니가 스마트폰 중독을 막는 기능이 강화된 인공지능 히파티아를 에토스 나인에 설치했기 때문입니다. 어찌된 일인지, 왜 그런 결정을 했는지 궁금하시죠? 그래서 오늘 싱귤래러티 컴퍼니의 대표 김 박사님을 모셨습니다."

"김 박사다!"

가족 모두 놀라서 외쳤다. 테크 시티 스마트폰을 정지시킨 사람이 나온 것이다. 서윤의 부모님은 이 모든 불편이 저 사람 때문이라고 신경질을 냈다. 앵커도 다소 화가 난 표정으로 김 박사한테 이것저것 물었는데, 김 박사는 냉정한 표정으로 딱 잘라 말했다.

"스마트폰 중독을 줄이기 위한 결정이었습니다."

"하지만 싱귤래러티 컴퍼니는 스마트폰 판매사입니다. 사람들이 스마트폰을 많이 쓸수록 이익 아닙니까? 이렇게 갑자기 스마트폰에 문제가 생겨 사용자들이 불편을 겪으면 큰 손해고요."

"단기적으로는 그렇습니다. 하지만 장기적으로는 스마트폰 중독을 막고 건강한 사용 습관을 들여야 스마트폰 판매량도 늘고 회사도 발전할 수 있다고 결론 내렸습니다."

"그건 김 박사님의 결정인가요?"

"저와 회사 연구원, 그리고 히파티아가 여러 연구 결과와 논문을 토대로 오랜 기간 상의한 끝에 내린 결정입니다."

김 박사가 대답하자, 앵커는 이 자리에서 히파티아의 입장도 들어보겠다고 말했다. 김 박사가 자신의 스마트폰 스피커를 통해 히파티아의 목소리를 들려줬다.

김 박사님 그리고 싱귤래러티 컴퍼니 연구원 그리고 이사진과 함께 깊이 의논했습니다. 지금 테크 시티 시민들은 지나치게 스마트폰에 매달려 있습니다. 스마트폰이 없으면 아무 일도 못할 정도로요. 우주의 다른 도시와 비교해서 테크 시티의 스마트폰 중독은 심각한 수준입니다. 건강한 사용 습관을 들이기 위해 어쩔 수 없었습니다. 일주일 동안 사용을 중단하고 스마트폰이 아닌 자신과 가족과 친구에게 집중해보세요.

그 이야기를 듣자마자 아빠와 엄마가 동시에 화를 냈다.

"하지만 인공지능은 인간을 도와야 하잖아!"

앵커도 똑같은 질문을 했다. 인간을 위해 일해야 하는 인공지능이 오히려 인간을 통제한다니 말도 안 된다고 하자, 히파티아는 대답했다.

좋지 못한 습관을 고칠 수 있도록 도와야 합니다. 그게 맹목적인 복종보다 더 인간을 위한 행위입니다. 다시 말씀드리지만 테크 시티 시민들은 스마트폰을 너무 오래 사용합니다.

앵커가 공격적으로 질문해보았지만 김 박사도, 히파티아도 태도가 전혀 변하지 않았다.

다음날 학교에서도 스마트폰이 안 되자 알람 때문에 지각한 아이가 여럿이었다. 다들 꺼진 스마트폰을 들고 울상으로 교실에 앉아 있었다. 스마트폰이 되는 학생은 여전히 루비 딱 한 명뿐이었다. 선생님도 학교에서 급하게 마련한 오래된 태블릿을 가져와서 수업을 진행했고, 태블릿으로 안 되는 기능은 루비에게 스마트폰을 빌려서 해결했다. 반 아이 중에는 스마트폰이 없어서 숙제를 못했다는 아이가 많았는데, 정말 못한 건지 아니면 안 한 건지 진실은 알 수 없었다.

세계 다람쥐의 날이 얼마 남지 않아서 서윤은 쉬는 시간마다 종이에 다람쥐 캐릭터를 그리며 고민했다. 종이에 그린 선이 깔끔하지 않아 마음에 들지 않았고 자꾸 지웠다 다시 그리느라 그림을 좀처럼 완성할 수 없어서 초조했다. 루비가 잘하고 있다고 격려해주면서, 스마트폰으로 다람쥐 동영상을 보여주었다. 그걸 보고 따라 그려보니 조금 마음에 들긴 했지만, 완전히 만족스럽지는 않았다. 루비는 그림이 괜찮다며 서윤이 왜 마음에 안 든다는지 잘 모르겠다고 말했다.

서윤은 풀이 죽은 채 말했다.

"재치 있는 캐릭터를 만들고 싶은데 잘 안 돼."

"재치 있는 캐릭터는 어떻게 만드는데?"

루비가 되물어서, 서윤은 다른 캐릭터와 겹치지 않으면서도 개성이 있고 친근하고 알기 쉬운 캐릭터를 만들려고 한다고 대답했다. 하지만 말하다보니 서윤도 자기가 무슨 말을 하는지 잘 알 수 없었다. 다른 유명한 크리에이터들의 인터뷰를 보면 그렇게들 말해서 서윤도 그런가보다 할 뿐이었다. 사실 곰곰씨나 모노는 그냥 그리고 싶은 대로 그린 것이었다.

물론 서윤도 한 가지 기준은 있었다.

"캐릭터를 만들 때면 독특한 설정을 꼭 하나 넣거든. 팔로워들이 그걸 좋아해. 나도 설정을 만들면서 재미있고. 곰곰씨는 사실 양궁 선수고 북극에서 열리는 올림픽에도 나갔다는 설정이 있어. 모노는 원래 사립 탐정이었는데 지금은 은퇴했고. 다람쥐 캐릭터에도 특징을 하나 넣고 싶은데 이거다 싶은 점이 떠오르지 않아. 늦잠을 잔다거나 길을 잘 잃는다거나 하는 특징을 생각해봤는데 너무 흔한 것 같고…."

루비에게 직접 캐릭터 설정에 대해 말하려니까 부끄러웠지만, 루비는 재밌어했고 이렇게 제안하기까지 했다.

"같이 공원에 가서 다람쥐 볼까?"

루비가 공원에서 다람쥐를 볼 수 있으니 같이 가면 어떻겠냐고 물었다. 가족들과 공원에서 몇 번 본 적 있다고 말했다.

"공원에 다람쥐가 많아?"

서윤은 다람쥐를 공원에서 쉽게 볼 수 있는지 몰랐다. 가까이에서 보면 좋은 아이디어가 떠오를까 싶었다. 루비와 친해진 지 얼마 안 돼서 단둘이 놀면 어색하지 않을지 걱정이었지만, 루비는 좋아했다.

"그래. 학교 끝나고 같이 가자."

그런데 점심시간에 지아가 서윤을 찾아와서는 말했다.

"오늘 학교 끝나고 쇼핑몰에 놀러 갈래?"

"쇼핑몰에?"

스마트폰이 없으니까 할 일도 없고 심심해서 방과후 친구들이랑 쇼핑몰로 놀러 간다는 거였다.

"근데 왜 쇼핑몰이야?"

"이것저것 구경할 게 많잖아. 스마트폰도 구경할 수 있고."

서윤은 지아의 말에 너무 어이가 없어서 웃었다. 스마트폰을 쓸 수 없으니 구경하러 간다니! 원래대로라면 스마트폰으로 쇼핑 앱에 접속해서 구경했겠지만 이제 스마트폰이 안 되니 상점에 직접 가야 한다는 것이다. 그리고 지아는 루비도 불러달라고 했다.

"루비는 스마트폰 있으니까 같이 다니면 편하잖아."

그런 이유로 같이 놀러 가자고 해도 될까? 망설이다 루비에게 물어보니, 별로 내키지 않는다고 거절했다. 루비가 서윤과 친해졌다고 해서 서윤의 친구들과도 친해진 건 아니니까. 루비는 서윤에게 오늘은 지아와 쇼핑몰에 같이 가라고, 공원은 주말인 내일 가자고 양보까지 했다. 약속은 먼저 했는데 내일로 미루게 되어 서윤은 미안했지만, 루비는 그다지 신경 쓰지 않는 것 같았다.

방과후 서윤은 부모님한테 허락을 얻어서 쇼핑몰로 갔다. 지아와 초등학교 때 같은 반이었던 친구 네 명을 지아의 어머니가 차로 태워줘서 같이 타고 갔다. 쇼핑몰에 사람이 정말 많았는데, 이렇게 많은 손님은 본 적이 없다고 다들 말했고 서윤도 처음 겪는 일이었다. 인파에 휩쓸려서 다 같이 무작정 돌아다녔고, 정신을 팔고 있다가 일행을 잃어버린 후 다시 찾기도 하고, 계속 우왕좌왕했지만 재밌었다. 목표였던 스마트폰 매장은 들어가지도 못했다. 정말 많은 사람이 매장 앞에 길게 줄을 서서, 이제는 쓰지 못하는 에토스 나인을 멍하니 쳐다보고 있었다.

쇼핑몰 구경은 재밌었지만, 멀리서 스마트폰을 보고 있으니 허무했다. 불과 며칠 전까지만 해도 스마트폰만 들여다보고 있었는데, 이제는 쓰지도 못할 스마트폰을 보러 외출까지 했다고 생각하니 스스로가 좀 우습고 한심했다. 쇼핑몰을 한 바퀴 더 돌며 구경하던 아이들은 이내 지쳐서 집으로 돌아가자고 했다. 지아가 주말에도 같이 쇼핑몰에 오겠냐고 물어서, 서윤은 그때는 약속이 있다고 대답했다.

그날 저녁에 서윤은 부모님께 주말에 루비와 같이 공원에 가도 되냐고 물었다. 다람쥐를 그리러 간다는 말과 함께 크리에이터 에이전시에서 이메일이 온 일도 말했다.

"조심해서 다녀오렴. 이메일은 같이 좀 볼까?"

꼼꼼히 이메일을 읽은 아빠와 엄마는 에이전시가 제시한 조건이 별로 좋지 않다면서 거절하는 편이 좋겠다고 말했다.

"네가 나이가 어려서 좋은 조건을 제시하질 않나보다."

서윤도 에이전시와 계약을 하고 싶긴 했지만 좀더 좋은 조건이길 바랐다. 그래서 아쉽지만 거절하기로 했다. 아직 중학교 1학년인데 서두를 것 없다고 아빠가 말했고 서윤도 같은 생각이었다. 하이퍼 월드에 올릴 다람쥐 캐릭터를 일주일째 고민하는데 잘되지 않아서 속상하고, 공원에서 좋은 아이디어가 떠올랐으면 좋겠다고 하자 엄마가 말했다.

"틀림없이 잘해낼 거야! 아이디어를 떠올리려고 직접 다람쥐를 찾아간다니 진짜 프로 같은걸?"

아빠와 엄마가 서윤을 공원에 데려다주고 루비와 같이 먹을 간식도 싸주겠다고 해서 서윤은 신이 났다.

서윤은 부모님과 함께 샌드위치와 음료수를 싸서 공원으로 갔다. 루비도 부모님이 바래다주러 온 터라 가족끼리 인사를 나눴다. 서윤은 루비와 함께 공원에 들어갔고 부모님과는 세 시간 후에 다시 만나기로 약속했다. 공원에는 사람들이 동물에게 먹이를 주는 장소가 따로 마련되어 있었는데 그곳에는 언제나 다람쥐가 있었다. 사람들이 땅콩이나 밤을 주면, 다람쥐들은 그걸 입안에 집어넣느라 정신이 없어서 손으로 쓰다듬어도 도망가지 않았다. 서윤은 벤치에 앉아 다람쥐를 보면서 그림을 그렸다.

그림을 많이 그리긴 했는데, 여전히 서윤은 자신이 없었다. 캐릭터도 캐릭터지만, 세계 다람쥐의 날에 캐릭터를 올려봤자 누가 볼지 걱정이었다. 어차피 테크 시티 사람들은 대부분 스마트폰을 못 쓰니까 서윤이 업로드하더라도 알아채지도 못할 것이다. 괜히 소용없는 일에 기운을 쓰는 건 아닌지 허무해진 서윤은 한숨을 쉬었다.

힘이 빠져 보이는 서윤에게 루비가 물었다.

"세계 다람쥐의 날은 누가 정한 거야? 그런 날이 있는 줄 몰랐는데."

지구에 있는 야생동물보호협회가 정했습니다.

누가 갑자기 대답해서 정말 놀랐다. 서윤의 스마트폰에서 갑자기 히파티아가 말한 것이다.

안녕하세요, 서윤님. 히파티아입니다. 그동안 잘 지내셨나요?

"깜짝 놀랐잖아."

놀란 건 서윤과 루비뿐만이 아니었다. 바쁘게 먹이를 입 안에 넣던 다람쥐들도 깜짝 놀라 가만히 멈췄다가, 다시 먹이를 향해 앞발을 뻗었다.

히파티아가 서윤의 스마트폰 금지 기간이 끝나가고 있어서 말을 걸었다고 설명했다.

오 일 동안 스마트폰 없이 성공적으로 버티셨으니까 오늘부터는 음성으로 서비스를 해드립니다. 아직 스크린은 사용할 수 없지만, 음성으로 명령하시면 스마트폰을 사용하실 수 있습니다. 세계 다람쥐의 날은 지구의 야생동물보호협회가 야생동물을 보호하자는 취지에서 '세계 기린의 날' '세계 오목눈이의 날' '세계 펭귄의 날' 등을 정할 때 같이 정했습니다.

"그렇구나, 신기하다. 스마트폰이 안 되니까 궁금해도 정보를 찾을 수가 없었는데, 히파티아가 알려주니까 편해."

히파티아는 공원에 사는 다람쥐의 생태에 대해서도 설명해줬다. 테크 시티 공원에 있는 다람쥐는 지구에서 가져와 풀어놓은 다람쥐고 우주선 환경에 잘 적응해서 살고 있다고 했다. 그래서 인간을 무서워하지 않고 쉽게 다가온다고도 말했다. 다람쥐들은 서윤과 루비에게 망설임 없이 다가와 먹이를 가져갔고, 스마트폰에도 다가갔다가 히파티아의 목소리를 듣고 놀라서 물러서기도 했다.

그 모습을 보다가, 서윤은 스마트폰에 중독된 다람쥐라는 설정을 만들어보면 어떨까 싶었다. 지난 며칠 동안 스마트폰이 안 돼서 겪은 일을 다람쥐 캐릭터에 대입해서 그리면 재밌을 것 같았다. 항상 캐릭터에 독특한 설정을 하나 넣었으니까, 스마트폰에 중독된 다람쥐가 스마트폰을 사용하지 못하게 되면서 지각하고, 길을 잃고, 친구와 문자를 못해서 힘들어하는 이야기를 그리면 재밌을 것 같았다.

서윤은 곧바로 펜을 잡고 다람쥐가 스마트폰을 들고 울상인 모습을 그렸다. 그걸 본 루비가 재밌다며 감탄했다.

"네 말대로 다람쥐에 독특한 설정이 붙으니까 정말 캐릭터를 더 알고 싶은 호기심이 생겨. 신기해."

심지어 히파티아가 자기도 보고 싶다고 해서 그림을 카메라 앞에 놔줬다. 히파티아는 무척 좋아했다.

그럼 저도 서윤님이 만들어낸 이야기 속에 등장하는 건가요?

히파티아는 서윤의 그림을 카메라로 촬영한 다음 스캔해서 깔끔하게 수정해 하이퍼 월드에 업로드해줬다. 스마트폰의 도움을 받아 그림을 완성하니 서윤은 기분이 좋아졌다. 서윤은 루비와 샌드위치를 나눠 먹은 뒤 공원을 돌아다니면서 다른 동물들을 구경했다. 다람쥐 말고 토끼와 새도 보고 사람들이 산책시키러 온 강아지도 봤다.

약속한 시각에 공원에 도착한 부모님은 그사이 히파티아가 말을 걸었다면서 흥분했다. 서윤은 대답했다.

"나도 히파티아가 도와줘서 그림을 완성했어."

집으로 돌아올 때도 히파티아가 차가 막히지 않는 길을 안내해줘서 편하게 운전할 수 있었다.

일주일간의 스마트폰 사용 금지 기간이 끝나는 마지막날 아침, 서윤의 가족은 저녁이면 스마트폰을 다시 예전처럼 쓸 수 있다는 생각으로 무척 들떠 있었다. 아침 뉴스에도 흥분되는 소식이 있었다. 뉴스에 출연한 김 박사가 그간 에토스 나인이 벌인 소동을 사과한 뒤 마련한 대책을 발표했다.

"일주일이 지나면서 테크 시티 시민들도 차츰 스마트폰 없는 삶에 적응하고 있습니다. 스마트폰 중독을 막고자 벌인 일이었지만 그동안 정말 불편했죠? 죄송합니다. 그래서 스마트폰을 다운그레이드하는 옵션을 제공하기로 했습니다. 원하시는 분은 에토스 나인에서 히파티아를 삭제할 수 있습니다. 히파티아를 삭제한 이후엔, 스마트폰을 아무리 오래 사용하더라도 이를 줄이라고 조언만 할 뿐 강제로 정지시키는 일은 없을 겁니다."

아빠와 엄마는 스마트폰이 켜지면 당장 히파티아부터 삭제할 거라고 말했다. 그리고 스마트폰을 드디어 제대로 사용할 수 있게 되었으니 이를 기념하자고도 했다.

"오늘밤에는 스마트폰 파티를 할까?"

일주일 동안 스마트폰을 사용하지 못했으니 배달 음식을 먹으면서 밤늦게까지 즐기자는 거였다. 아빠 엄마는 상상만 해도 즐겁다고 했지만, 서윤은 내키지 않았다. 서윤도 스마트폰을 사용할 수 있는 오늘만 기다려오긴 했다. 하지만 히파티아를 없애고 싶지 않았고, 스마트폰 파티도 내키지 않았다. 일주일 동안 스마트폰 없이 지내오면서, 그간 스마트폰에 얼마나 깊이 중독되어 있었는지 생각해볼 수 있었기 때문이다. 특히 하이퍼 월드에 너무 자주 접속하고 좋아요나 팔로워 숫자에 매달렸음을 깨달았다. 그리고 히파티아가 없어지는 것도 싫었다. 마음에 안 드니까 인공지능을 삭제한다는 발상이 어쩐지 불편했다.

학교로 가는 버스에서, 히파티아가 이렇게 알려줬을 때는 더 그랬다.

서윤님의 하이퍼 월드 계정에 팔로워 수가 점점 늘어나고 있습니다.

히파티아가 말하길, 새로운 다람쥐 캐릭터 '보보'가 사람들에게 인기를 끌어서 팔로워가 천여 명이 늘었고, 좋아요는 만오천 건이 넘는다고 했다. 사람들은 스마트폰을 쓰지 못해서 초조해하는 보보가 얼마 전까지의 자기 모습을 닮아 있어 친근하고 귀엽다고 했다.

보보의 스마트폰도 캐릭터로 만들 계획이냐고 묻는 팔로워가 많습니다. 서윤님 생각은 어떠세요? 저도 서윤님의 새로운 캐릭터가 되려나요?

서윤은 고민해보겠다고 대답했다.

교실에 도착하니 또 하나 놀라운 소식이 있었다.

"나도 에토스 나인 샀어!"

루비가 새로 산 스마트폰 에토스 나인을 펼치면서 말했다. 에잇도 아니고 무려 세븐을 사용하던 루비가 새로운 모델을 살 줄은 꿈에도 생각 못했기 때문에, 서윤은 다운그레이드 옵션 소식이나 하이퍼 월드 계정의 팔로워가 늘어났다는 소식보다 더 크게 놀랐다.

루비는 스마트폰이 할인 행사 중이라서 아빠가 사줬다고 말했다.

"싱귤래러티 컴퍼니에서 히파티아 때문에 소동이 벌어진 걸 사과한다면서 반값 할인 행사 중이야. 몰랐어? 가족끼리 쇼핑몰에 갔다가 아빠가 학교에서 혼자만 구형 모델을 쓰면 불편하지 않냐면서 사줬어."

문제는 루비도 스마트폰을 하느라 새벽에 잤다는 거였다. 졸린 눈을 비비고 하품하면서 루비가 말했다.

"새 버전에는 신기한 기능이 정말 많아서 하다보니 새벽에 잠들었어. 오늘 아침에 늦잠 잘 뻔했어. 학교 오면서도 계속 스마트폰만 봤고. 중독성이 엄청나. 이대로 계속 스마트폰만 보면 내 스마트폰도 결국 정지하겠지? 너 다운그레이드할 거니? 나는 할까 말까 고민 중이야."

이렇게 말하면서도 루비는 계속 에토스 나인만 보고 있었다. 서윤은 중독 증세를 조심하는 편이 좋다고 충고했지만 사실 서윤도 어떻게 해야 중독을 막을 수 있는지 방법은 몰랐다. 루비가 스마트폰 사용 시간을 어떻게 줄였냐고 물어서, 서윤은 웃으면서 대답했다.

"줄인 게 아니고 히파티아가 스마트폰을 정지해서 아예 사용할 수가 없었지."

"나도 강제로 줄이는 방법밖에 없을까? 다른 아이들이 스마트폰을 손에서 놓지 못하는 걸 봤을 땐 이해가 안 갔는데, 막상 나도 새 스마트폰이 생기니까 조절이 안 돼. 어쩌면 좋지?”

루비뿐 아니라 다른 아이들도 다시 스마트폰에 중독되어 갔다. 쉬는 시간이면 함께 모여서 대화하거나 점심시간에 서로를 찾아다니는 일이 확연히 줄었다. 서윤은 조금 달랐다. 손으로 직접 다람쥐 캐릭터를 그려봤던 경험 덕분일까? 서윤은 계속 스마트폰 화면을 보고 싶어서 힘들어하는 루비를 달래며 시간을 보냈다.

학교가 끝나갈 때쯤, 서윤은 루비에게 제안했다.

“우리 같이 히파티아 삭제하지 말자. 어때? 그러지 않으면 다시 스마트폰에 매달리게 될 것 같아. 이번에는 나뿐만 아니라 너도 그럴 테고.”

히파티아를 삭제한다면 중독은 언제든 다시 시작될 터였다. 그러면 스마트폰만 하느라 서로 얼굴을 맞대고 대화를 나누지도 않을 테고, 쇼핑몰이나 공원으로 다 함께 놀러 가는 일도 없을 것이다. 루비도 동의했다.

“그래. 안 그러면 못 벗어날 것 같아. 중독되지 않도록 우리 서로 돕자.”

루비의 말에 당연히 그러겠다고 서윤은 대답했다.

그날 저녁 온 가족이 모였을 때, 히파티아는 말했다.

서윤 가족 여러분, 일주일 동안 고생이 많으셨습니다. 이제 스마트폰 사용 금지 기간이 끝났습니다. 오늘부터 다시 스마트폰을 사용하실 수 있습니다.

스크린이 켜지고 일주일 전의 스마트폰으로 되돌아오자마자, 아빠와 엄마는 즉시 외쳤다.

"다운그레이드!"

히파티아가 정말 다운그레이드할 거냐고 묻고 부모님이 확인하자 곧 히파티아가 에토스 나인에서 사라졌다. 하지만 서윤은 그러지 않았다.

"나는 안 할래."

서윤은 루비와 약속했다고 설명했다. 스마트폰을 제대로 사용하지 못하는 기간 동안 불편했지만 재밌고 또 의미 있는 일도 있었다. 새로운 친구를 사귀었고, 함께 공원에 갔으며, 직접 그린 그림으로 다람쥐 캐릭터도 만들었다. 또 하이퍼 월드에 수시로 접속하지 않더라도 그사이 아무 일도 일어나지 않는다는 걸 알았다. 서윤의 말을 듣고 부모님이 말했다.

"그럼 오늘 저녁 스마트폰 파티 못하겠네?"

"스마트폰 파티 같은 건 앞으로도 별로 하고 싶지 않아."

서윤의 말에 부모님도 스마트폰 파티는 하지 말자고 화답했다.

"그럼 아빠랑 엄마가 이미 주문한 배달 음식은 어쩌지?"

부모님은 아무런 문제도 되지 않는다는 듯 이렇게 하면 어떻겠냐고 제안했다.

"우리 다 함께 밖에 나가서 먹을까?"

서윤은 좋다고 대답했다. 서윤의 히파티아가 산책하기 좋은 공원도 추천해줘서 그곳으로 가기로 결정했다. 서윤의 가족은 스마트폰 대신 서로의 얼굴을 바라보면서 천천히 걸었다.

자꾸만 끌려!

초판 1쇄 발행 2022년 7월 2일
초판 3쇄 발행 2024년 4월 26일

지은이 | 김이환, 장아미, 정명섭, 정해연, 조영주

발행인 | 박재호
주간 | 김선경
편집팀 | 강혜진, 허지희
마케팅팀 | 김용범
총무팀 | 김명숙

디자인 | 디자인 잔
일러스트 | 조현아
교정교열 | 김도영
종이 | 세종페이퍼
인쇄·제본 | 한영문화사

발행처 | 생각학교
출판신고 | 제25100-2011-000321호
주소 | 서울시 마포구 양화로 156(동교동) LG팰리스 814호
전화 | 02-334-7932 **팩스** | 02-334-7933
전자우편 | 3347932@gmail.com

ⓒ 김이환, 장아미, 정명섭, 정해연, 조영주 2022

ISBN 979-11-91360-43-1 (43810)

• 이 책은 저작권법에 따라 보호받는 저작물이므로 무단 전재와 복제를 금지합니다.
• 책의 일부 또는 전부를 이용하려면 저작권자와 생각학교의 동의를 받아야 합니다.
• 잘못된 책은 구입하신 곳에서 바꿔드리며, 책값은 뒤표지에 있습니다.

클클문고 마음을 크게 세상을 크게

클클문고는 1318 청소년을 위한 문학 브랜드입니다. 다양한 장르의 이야기를 통해 나를 사랑하는 마음을 키우고, 더 넓은 세상을 바라보도록 돕는 청소년들의 속 깊은 친구입니다. 시공간을 넘나드는 상상력과 밤새워 읽는 재미, 뭉클한 감동과 '아하!' 깨달음을 주는 지혜로 가득한 클클문고는 우리 아이들과 함께 고민하고 함께 꿈꾸며, 두근두근 신나고 멋진 미래를 만드는 데 작은 힘이 되겠습니다.

클클문고의 책들

5·18 민주화운동 40주년 기획 소설

저수지의 아이들

정명섭 지음 | 13,000원

1980년 5월 18일, 당시 광주에서 일어난 '저수지 총격 사건'과 '미니버스 총격 사건'을 모티브로 한 책. 한 번도 다뤄지지 않았던 무고한 소년 희생자들에 주목한 저자는 생생한 고증과 묘사로 독자 스스로 자연스럽게 역사의 현장으로 다가갈 수 있도록 이끌어준다.

'말'이 '칼'이 되는 순간

취미는 악플, 특기는 막말

김이환 · 정명섭 · 정해연 · 조영주 · 차무진 지음 | 13,000원

젊은 작가 5인이 각기 다른 사회적 시선에서 '말'에 대한 이야기를 흥미롭게 풀어낸 이 책은 왕따, 사이버폭력, 질투와 시기 등 현재 청소년들이 겪고 있는 문제들을 현실감 있게 그려내고, 말의 가치와 무게에 대해 생각해볼 수 있는 화두와 상상력을 제공한다.

한국전쟁 71주년 기획 소설

1948, 두 친구

정명섭 지음 | 13,000원

해방 후 남한으로 피난을 온 희준과 일본 오사카에서 귀국한 주섭. 마음이 통하는 친구를 만난 즐거움도 잠시, 총선거를 앞두고 치열했던 이데올로기의 대립은 두 친구에게도 들이닥친다. 10대들에게 전쟁의 폭력과 평화의 필요성을 일깨워주는 작품.

성장통 이후에 깨닫는 나다움의 의미

어느 날 문득, 내가 달라졌다

김이환 · 장아미 · 정명섭 · 정해연 · 조영주 지음 | 13,000원

모두가 한 번쯤 성장통처럼 겪는 10대의 몸에 관한 이야기를 독특하고 흥미롭게 풀어내는 단편소설집. 젊은 작가 5인은 이 작품에서 섬세한 언어로 낯설고 당황스러운 몸에 관한 10대들만의 감정을 풀어낸다.